A Bela e o Ferreiro

Copyright © 2013 Eve Ortega

Título original: *Beauty and the Blacksmith*

Todos os direitos reservados pela Editora Gutenberg. Nenhuma parte desta publicação poderá ser reproduzida, seja por meios mecânicos, eletrônicos, seja via cópia xerográfica, sem a autorização prévia da Editora.

EDITORA
Silvia Tocci Masini

EDITORES ASSISTENTES
Felipe Castilho
Nilce Xavier

ASSISTENTES EDITORIAIS
Andresa Vidal Branco
Carol Christo

REVISÃO
Mariana Paixão

CAPA
Carol Oliveira
(sobre a imagem de Svyatoslava Vladzimirska e Ola-la [shutterstock])

DIAGRAMAÇÃO
Larissa Carvalho Mazzoni

Dados Internacionais de Catalogação na Publicação (CIP)
Câmara Brasileira do Livro, SP, Brasil

Dare, Tessa
  A Bela e o Ferreiro / Tessa Dare ; tradução A C Reis. -- 1. ed. 2. reimp. -- Belo Horizonte : Editora Gutenberg, 2023. -- (Série Spindle Cove.)

  Título original: Beauty and the Blacksmith
  ISBN 978-85-8235-374-5

  1. Ficção histórica 2. Romance norte-americano I. Título. II. Série

16-02267   CDD-813

Índices para catálogo sistemático:
1. Romances históricos : Literatura norte-americana 813.5

A **GUTENBERG** É UMA EDITORA DO **GRUPO AUTÊNTICA** ©

São Paulo
Av. Paulista, 2.073, Conjunto Nacional
Horsa I . Sala 309 . Bela Vista
01311-940 São Paulo . SP
Tel.: (55 11) 3034 4468

Belo Horizonte
Rua Carlos Turner, 420
Silveira . 31140-520
Belo Horizonte . MG
Tel.: (55 31) 3465 4500

www.editoragutenberg.com.br
SAC: atendimentoleitor@grupoautentica.com.br

Novela da Série Spindle Cove

Tessa Dare

A Bela e o Ferreiro

2ª reimpressão

Tradução: A C Reis

Diana conferiu seus pertences. Luvas, capa, bolsa. Ela estava com tudo que tinha trazido, mas ainda assim o seguiu.

"O que é que você precisa me dar?"

"Isto."

Ele a enlaçou pela cintura, apertando-a contra a parede e tomando sua boca em um beijo apaixonado. Sem tempo para preliminares, ele conquistou o que queria, sentindo o sabor de Diana com a língua e tocando-a em lugares quase escandalosos. Ela sentiu toda a estrutura do espartilho pressionar seu busto – e essa foi a única coisa que reparou, pois todo seu corpo parecia ter se dissolvido.

"Certo", ela suspirou alguns instantes depois. "Fico feliz que não tenha me deixado ir sem isso."

Ele deu beijinhos indo da boca até a orelha dela. Era uma delícia sentir a barba por fazer dele arranhar sua face.

Certamente, nunca com desejo. Mas agora... ele sabia. Ele sabia que ela era mais do que parecia. E, de repente, ela não estava mais sozinha.

Capítulo Um

Minha nossa! Olhe só para isso... É mais grosso que o meu tornozelo.

Diana Highwood tirou a luva e a usou como um leque, na tentativa de apagar o rubor de seu pescoço. Ela era uma dama, nascida e criada em meio aos modos e regras da sociedade – ainda que não em uma opulência aristocrática. Desde criança ela foi escolhida como a esperança de sua família. Destinada, sua mãe jurava, a conquistar a atenção de um nobre.

Mas ali, na oficina com Aaron Dawes, todo o refinamento de sua criação se desintegrava.

Como ela podia deixar de admirá-lo? Aquele homem tinha pulsos tão grossos quanto os *tornozelos* dela. E, como sempre, ele usava as mangas enroladas até o cotovelo, expondo os músculos definidos dos antebraços.

Ele bombeou o fole, obrigando as chamas a dançar.

Ombros largos esticavam a camisa surrada e um avental de couro estava pendurado em seus quadris. Quando ele retirou o pedaço brilhante de metal do fogo e o colocou na bigorna, seu colarinho abriu.

Diana olhou para o lado – mas não foi rápida o bastante. Ela viu de relance a virilidade pura e quente de Aaron. O peito esculpido pelos deuses, a pele bronzeada, os pelos castanhos...

"Comporte-se", ele disse.

As palavras fizeram com que Diana prendesse a respiração.

Ele sabe. Ele sabe. Ele percebeu que a refinada, perfeita e bem-criada Srta. Highwood vai à forja para admirar seu corpo másculo e sua força bruta. Comporte-se mesmo, Diana!

Ela se sentiu ridícula. Envergonhada. Exposta.

E então... de repente... aliviada.

Aaron não estava falando com ela, mas com a peça em que trabalhava.

"É isso." O suor reluzia na testa dele, que ajeitou a trava com firmeza, e emendou com a voz grave: "Seja boazinha comigo, agora."

Diana baixou o olhar, focando no chão. Pedras limpas e bem encaixadas pavimentavam a metade da oficina em que ela estava, onde os visitantes ficavam aguardando o trabalho solicitado. O chão ao redor da forja, por outro lado, estava coberto de resíduo preto. A divisão entre as duas metades não podia ser mais definida e significativa.

Ali ficava a linha que separava o cliente do ferreiro. A linha entre o mundo de uma fidalga e os domínios de um trabalhador.

"Agora sim", ele disse. "Assim mesmo."

Bom Deus. Ela conseguia desviar os olhos dos antebraços grossos e do peito musculoso de Aaron.. Mas aquela voz...

Sacudiu-se vigorosamente. Era hora de parar com aquela bobagem. Ela era uma mulher adulta, que logo completaria 24 anos. Não era nenhum pecado observar o Sr. Dawes. Afinal, ele era um homem admirável. Contudo, Diana precisava se concentrar em todos os motivos que não tinham nada a ver com sensualidade.

As irmãs Highwood, acompanhadas pela mãe, foram parar naquela cidadezinha litorânea em prol da saúde de Diana – e o refúgio lhe fez tão bem que ela passou a considerar Spindle Cove seu lar.

Durante a estadia delas, Diana aprendeu muito sobre a vida no campo. Ela percebeu que um bom ferreiro é indispensável a uma comunidade. Ele cuida dos cascos dos cavalos dos fazendeiros e conserta os toletes dos barcos dos pescadores. Quando os vizinhos precisam, ele até arranca dentes e endireita ossos. Os cravos forjados em sua oficina sustentam a vila toda.

Aquela forja era o coração de ferro em brasa de Spindle Cove, e Aaron Dawes era seu pulso. Forte. Firme. Vital.

Ela o observou bater com o martelo. *Clangue. Clangue. Clangue.*

E então seus olhos se fixaram outra vez naquele antebraço musculoso.

"Esse tempo...", ela disse, tentando mudar seu próprio foco. "Março está sendo terrível, não é?"

Ele grunhiu, concordando.

"Quase duas semanas sem sol", acrescentou Aaron.

Ele mergulhou o metal aquecido em um balde ao lado. Uma nuvem de vapor subiu e tomou a oficina, arrepiando os pelinhos na nuca de Diana.

"Assim deve dar", Aaron disse, examinando o fecho do colar dela. Ele o limpou com um pedaço de pano. "Vamos esperar que dure, desta vez."

"Parece que eu não estou com sorte, não é mesmo?", Diana lhe deu um sorriso nervoso.

"Pela minha conta, é a terceira vez que quebra este ano. Você deve estar pensando que não sou muito bom no que faço."

"Não!", ela se apressou em tranquilizá-lo. "De modo algum! Você faz um trabalho muito bom, Sr. Dawes. Eu sou desajeitada. Só isso."

"Você, desajeitada?" Do outro lado da oficina, o olhar dele, intenso e sensual, capturou o dela.

Às vezes Diana pegava Aaron lhe olhando assim. Na igreja ou andando pela vila. Ela não sabia como interpretar sua própria reação, mas não podia negar que seu sentimento, embora confuso, era intenso.

Aaron enxugou a testa e o pescoço com um pano úmido, depois limpou as mãos.

"Isso é curioso, Srta. Highwood. Você não me parece ser desajeitada."

Ela se remexeu na banqueta, desconfortável.

"E dentre todas as coisas", ele continuou, "é de se supor que você tomaria muito cuidado com isto."

Ela o observou prender o frasco pequeno na corrente. Dentro da garrafinha havia uma tintura de éfedra – uma planta utilizada para tratar sintomas de asma. Diana mantinha uma dose consigo o tempo todo, para o caso de ela ter uma de suas crises respiratórias.

"Você tem razão." Apesar do pulso acelerado, ela forçou um sorriso tranquilo. "Eu devia ter mais cuidado. Vou ter, no futuro."

"Você está bem?" Ele ergueu os olhos para ela.

"Sim."

"Você parece corada."

"Oh. Bem..."

Ele rodeou Diana, parando às suas costas, e colocou a corrente em seu pescoço, aproximando-se para prender o fecho. Se ela estava corada antes, naquele momento ficou em chamas. Era como se ele tivesse absorvido todo o calor do fogo para então transferir para ela. Derretendo e relaxando todos os lugares tensos de seu corpo. Como a pedra aquecida que ela levava para a cama quando tinha cólicas.

Oh, Deus. A última coisa de que ela precisava naquele instante era pensar numa cama. Muito menos diante daquela rocha imensa e sólida de masculinidade.

"Ainda não consigo entender como você conseguiu esmagar o fecho daquele jeito", ele insistiu.

Prendendo na gaveta... E terminando o serviço com uma pedra.

"Eu também não sei", ela desconversou. Seu coração tamborilava enlouquecido dentro do peito.

"Dá para pensar que alguém fez isso de propósito. Eu sei que acidentes acontecem, mas não costumam acontecer da mesma forma mais de uma vez."

Enquanto ele prendia o colar, seus dedos roçaram o pescoço dela.

Diana prendeu a respiração. Ela quis fingir que o toque foi acidental. Como Aaron disse, acidentes acontecem.

Mas eles não acontecem duas vezes da mesma forma...

Ele acariciou o pescoço de Diana uma segunda vez, e seu polegar áspero deslizou pela pele macia de sua nuca.

"Por que você está aqui?", ele perguntou.

Ela não conseguiu responder. Nem se mexer ou pensar.

"Eu fico imaginando", Aaron continuou. "Por que você vem tanto. Por que cada fecho e fivela de metal que você possui parece estar precisando de conserto." A voz dele ficou mais grave, quase sonhadora. "Eu digo para mim mesmo que você só está entediada com esta vila. Com o tempo chuvoso há tão pouco para se fazer."

Ele a rodeou, passando o dedo por baixo da corrente. Marcando-a com seu toque.

"Mas às vezes" – ela notou uma nota de irritação na voz dele – "eu penso que você foi enviada pelo diabo para me atormentar pelos meus pecados."

Ele parou diante dela, segurando o frasco que pendia do colar. Ele puxou com delicadeza e ela se inclinou na direção dele. Só um pouco.

"E então, às vezes eu penso que talvez... só talvez... você está esperando que algo aconteça. Algo como isto."

Ela engoliu em seco, os olhos fixos no peito de Aaron. Aquela encruzilhada sensual e desavergonhada de ossos, músculos e pele.

O calor dele a inundou. Ela sentiu... foi muito estranho, mas ela sentiu um *formigamento*. Como se cada centímetro de sua pele estivesse consciente, na expectativa de ser tocada.

Talvez ele estivesse certo.

Talvez ela estivesse querendo aquilo.

"Então?", ele soltou o colar.

Ela juntou coragem e ergueu os olhos para ele. A não ser em visitas sociais e festas, Diana tinha pouca experiência com homens. Mas se havia algo que sua educação refinada tinha lhe ensinado, era como ler um convite.

Se ela desse ao Sr. Dawes o menor encorajamento...

Oh, céus. Ele a beijaria. Aqueles lábios fortes e sensuais desceriam sobre ela, enquanto os braços poderosos a segurariam com firmeza, e ela não teria como recuar. Ela iria embora com um novo conhecimento de si mesma e manchas de fuligem em seu melhor vestido azul. Aos olhos do mundo, ela estaria manchada.

Suja.

"É melhor eu ir embora." As palavras jorraram de seus lábios, como um chafariz de pânico. "É melhor eu ir."

Ele aquiesceu e recuou no mesmo instante.

"É melhor você ir."

Ela desceu da banqueta e pegou sua capa. Esta não parecia tão ansiosa quanto sua dona para ir embora, enroscando-se no assento.

"Não sei se esta oficina é o lugar mais seguro para você, Srta. Highwood", Aaron disse. O comportamento dele era tranquilo enquanto voltava à forja e bombeava o fole. "Muita fumaça, muito vapor. Faíscas voando por todo lado."

"Acho que você pode ter razão", ela concordou.

"Da próxima vez que tiver algo precisando de conserto, mande por uma das camareiras da pensão."

"Vou fazer isso." Ela agarrou a maçaneta da porta, abrindo-a. "Bom dia, Sr. Dawes."

"Bom dia, Srta. Highwood."

Ela caminhou uma boa distância até parar e colocar a mão sobre o peito. Fechando os olhos, Diana inspirou profundamente.

Oh, Deus. Como ela era boba.

Droga. Aaron se sentiu um idiota.

Não, não. *Idiota* era uma palavra muito suave. Idiotas não tinham culpa por seus erros. Aaron tinha consciência de seus atos. Ele era um galanteador grosseiro e sem cérebro.

O que diabos estava pensando? Nem ele mesmo conseguia explicar o que tinha acontecido. Ele só sabia que Diana apareceu com aquele vestido azul rendado – aquele que o fazia querer carregá-la até um campo de flores silvestres, deitá-la sobre uma toalha de piquenique e saboreá-la.

Talvez fosse melhor daquele jeito. Ela não iria voltar para tentá-lo outra vez – isso era certo.

O dia ainda estava longe de acabar, e ele se sentia agitado demais para descansar. Na falta de um projeto urgente, ele pegou uma barra fina de ferro e decidiu produzir pregos, pois eles nunca eram demais em uma ferraria.

Vez após outra, ele aqueceu a barra até esta ficar amarela e brilhante, apoiou-a na bigorna e bateu em sua extremidade até formar uma ponta. Com a facilidade de anos de prática, ele cortou a extensão com um só golpe, esmagou a outra extremidade para produzir a cabeça e mergulhou o prego pronto no balde de água ao lado.

Então, ele recomeçou.

Diversas horas de trabalho suado e despreocupado depois, ele tinha uma pilha de pregos grande o suficiente para reconstruir a vila, no caso de uma onda gigantesca vir e levar as casas para o mar. E ainda assim ele não tinha conseguido apagar de sua cabeça a sensação da pele dela.

Tão macia. Tão quente. Com o aroma de talco e da doçura natural dela.

Droga de olhos. Droga de todos esses sentidos aguçados.

Aaron protegeu o fogo da forja e guardou as ferramentas. Depois se lavou e selou sua égua para ir até a vila. Ele não era muito de beber, mas naquela noite precisaria de umas canecas de cerveja.

Após amarrar sua montaria em uma árvore na praça da vila, Aaron passou pela conhecida porta vermelha da *Touro e Flor*. Ele se sentou em uma das banquetas da taverna quase vazia e apoiou os punhos no balcão.

"Já vou atendê-lo, Sr. Dawes", a moça disse lá da cozinha.

"Não estou com pressa", ele respondeu.

Aaron tinha a noite toda. Ninguém o esperava. Ninguém.

Ele baixou a cabeça e bateu com os punhos na própria testa. *Rufião. Grosseiro. Sem cérebro.*

"Dawes, você precisa de uma mulher."

Aaron ergueu a cabeça de supetão.

"O quê?"

Fosbury, o taverneiro, colocou uma caneca de cerveja no balcão.

"Eu odeio dizer isso. Solteiros infelizes fazem bem para o meu negócio, mas você precisa de uma mulher."

"Esta noite, uma mulher é tudo que eu não preciso." Aaron tomou um grande gole de cerveja.

"Ela foi à forja hoje de novo, não foi?"

"Quem?" Aaron ergueu a caneca para mais um gole.

"A Srta. Highwood."

Aaron engasgou com a bebida.

"Não é nenhum segredo." Fosbury passou um pano no balcão. "Desde que essa jovem apareceu na nossa vila, você está de olho nela. Não é de admirar. Você está no auge da vida e ela é a coisa mais bonita a aparecer em Spindle Cove há muito tempo."

Aaron esfregou o rosto com as duas mãos. Droga, Fosbury tinha razão em muitas coisas.

Desde a primeira vez em que a viu, ele ficou encantado. Aaron tinha uma fraqueza por coisas delicadas e, por Deus, Diana Highwood era tão... perfeita. Em qualquer outra vila, os homens podiam se sentar nos bancos do bar para debater qual mulher merecia a honra de ser considerada a mais graciosa da cidade. Na *Touro e Flor*, o debate começaria e terminaria após um único gole de cerveja. Diana Highwood seria a vencedora, sem dúvida. Ela tinha um rosto de anjo. Delicado e lindo.

Mas embora a aparência dela tivesse atraído seu olhar, outras qualidades dela aprisionaram seu coração.

Tudo começou na noite em que eles tentaram salvar a vida de Finn Bright. O jovem tinha perdido o pé em uma explosão e foi levado à forja para uma cirurgia. A Srta. Highwood não era médica nem enfermeira, mas insistiu em ficar para ajudar – buscando água e enxugando o sangue e o suor delirante da testa de Finn.

Foi nessa noite que Aaron conheceu Diana Highwood de verdade – e descobriu que sua delicadeza era apenas a primeira faceta de uma beleza completa.

Quanto mais tempo ela morava na vila, mais ele se encantava por ela. Diana não era apenas linda, mas também corajosa, determinada, inteligente e caridosa.

Ela era um modelo de perfeição para Aaron, e ele receava que, mesmo muito tempo depois que ela fosse embora, ele ainda compararia todas as mulheres que conhecesse a Diana Highwood.

E nenhuma chegaria aos pés dela.

Ele esticou a mão e a imaginou sob a luz tênue. A ponta de seu polegar ainda queimava no lugar em que tinha encostado no pescoço dela. A sensação era que o local tinha sido chamuscado, beijado por uma brasa. Ele encostou o dedo na caneca fria, mas ainda assim latejava, quente e dolorido.

Droga, seu corpo todo estava quente e dolorido. Ele tinha manifestado sua atração e agora ela parecia estar dentro dele. Em seu sangue.

"Ela não é para o seu bico", Fosbury disse.

"Eu sei disso. Eu sei muito bem." Ainda que Aaron estivesse nutrindo alguma ilusão, o modo frenético como ela fugiu de sua oficina desfez esse devaneio.

"Ela não é a única mulher da vila."

"Eu sei disso também. É só que... enquanto ela estiver morando aqui, não vou conseguir me interessar por nenhuma outra."

Fosbury se debruçou no balcão e sussurrou.

"A resposta pode estar bem debaixo do seu nariz. Você não tem que procurar muito longe."

O taverneiro inclinou a cabeça na direção da atendente, que trazia um pano da cozinha para limpar as mesas. Ela lançou um olhar amigável na direção de Aaron. Este retribuiu o cumprimento com um movimento de cabeça.

"Você quer que eu corteje Pauline Simms?", Aaron murmurou quando a moça ficou fora do alcance de suas palavras.

"Ela seria uma boa esposa. Trabalhadora, boa com números. E cresceu bem." Fosbury tamborilou as juntas dos dedos no balcão e se afastou. "Pense nisso."

Enquanto fingia alongar o pescoço, Aaron deu outra olhada para a garota.

E pensou naquilo.

Fosbury estava certo. Pauline Simms era o tipo de mulher no qual ele *devia* prestar atenção. Ela era do seu nível. Trabalhadora e filha de um fazendeiro. Como Fosbury disse, a moça era inteligente e habilidosa. Seria de boa ajuda para qualquer homem que tivesse um comércio. Claro que ela tinha algumas arestas, mas nada que um pouco de carinho e o tempo não aparassem.

Enquanto Aaron a observava, ela derrubou uma placa decorativa.

"*Cacete*", ela murmurou.

Ele sorriu. Embora Aaron fosse apenas quatro anos mais velho, e embora ela tivesse crescido e se tornado uma mulher – bonita, aliás –, Aaron não conseguia olhar para Pauline Simms sem ver a garota sardenta, banguela de um dente e um ano mais nova que a irmã dele.

Esse era o problema com vilas tão pequenas. Toda mulher disponível era quase uma irmã para ele. Ou talvez fossem as circunstâncias de sua vida que o colocaram no papel permanente de irmão mais velho.

Quando o pai dele morreu, dez anos antes, debruçado sobre a bigorna, vítima de um ataque do coração, não importava que Aaron tivesse acabado de completar 17 anos. O rapaz precisou se tornar o homem da casa, e rápido. Ele assumiu a forja e trabalhou duro para sustentar a mãe e as irmãs.

Quando Spindle Cove se tornou um refúgio para jovens bem-nascidas, alguns dos homens resmungaram a respeito da invasão da vila... mas aquilo até foi bom para Aaron. Àquela altura, suas duas irmãs já tinham se casado e mudado com a mãe. Assim, ele gostava das jovens visitantes. Consertava seus colares e fivelas; elas compravam bugigangas de prata e cobre que ele fazia em suas horas vagas. Era como ter uma multidão de irmãzinhas para substituir as verdadeiras, das quais ele sentia muita falta.

Exceto por Diana Highwood. Ele nunca teve sentimentos fraternais por ela.

Aaron terminou sua cerveja. Aquela bebida não era forte o bastante.

"Pauline?"

"Sim, Sr. Dawes?" Ela ergueu os olhos da mesa que limpava. "Precisa de alguma coisa?"

"Traga-me um uísque, por favor."

Capítulo Dois

Como era hábito de todas as mulheres que moravam na pensão Queen's Ruby, elas se reuniram na sala de estar após o jantar. O fogo que rugia na lareira afastava o frio.

Horas depois de ter saído da ferraria, Diana ainda continuava incomodada. O bordado no qual ela trabalhava não estava ficando bom, e ela acabou perdendo a paciência com aquilo.

Ela tinha perdido a paciência consigo mesma.

Diana tinha passado quase dois anos sentindo um tipo de paixão platônica por Aaron Dawes, mesmo sabendo que isso não poderia dar em nada. Ele havia consertado cada pedaço de metal que ela possuía – em alguns casos duas ou três vezes – sem demonstrar nada além de uma atenção cortês.

Até hoje.

Hoje ele demonstrou muito mais.

E ela entrou em pânico e fugiu! E não de forma educada, mas como se ela tivesse visto um ogro. Diana estava certa de que o tinha magoado com sua fuga apressada.

Ela desistiu de bordar e olhou pela janela. Em meio à escuridão, avistou uma conhecida égua preta pastando na praça da vila.

Ele devia estar na taverna...

"Essa droga de chuva", resmungou Charlotte, sua irmã. "Está deixando todas nós inquietas. Duas semanas sem caminhar pelo campo, sem jardinagem e sem explorar as ruínas do castelo. Sem diversão nenhuma!"

"A chuva não me incomoda", disse a Srta. Bertram, uma jovem que havia chegado a Spindle Cove naquela primavera. "Eu sempre gostei de passar os dias chuvosos com o Sr. Evermoore."

Charlotte conteve uma risada.

Diana lançou um olhar de súplica à irmã. *Não. Não caçoe dela.*

Spindle Cove era um porto seguro para jovens estranhas, pouco convencionais e incompreendidas. Mas mesmo entre as desajustadas, a Srta. Bertram não se encaixava. Era difícil saber o que ela pensava – principalmente porque ela não tinha nada para dizer que não incluísse seu relacionamento com esse patife misterioso, o Sr. Evermoore.

"Meus pais não aprovavam o Sr. Evermoore", continuou a Srta. Bertram. Suas sobrancelhas castanhas se destacavam como sinais de pontuação em um rosto que não tinha outras atrações. "Eles não entendem nossa atração. É por isso que estou aqui, vocês sabem."

Charlotte soltou um risinho.

As sobrancelhas da Srta. Bertram se uniram, formando uma linha de mágoa.

"Ninguém entende. *Ninguém.*" Ela levantou o livro, colocando-o diante do rosto, e virou uma página com um movimento brusco.

Charlotte escondeu o rosto com as mãos e teve convulsões com seu riso silencioso.

"Pare", Diana sussurrou. "Você não deve caçoar."

"Quem precisa caçoar? Ela é uma piada pronta." Charlotte imitou a outra com um sussurro estridente. "Oh, Sr. Evermoore. Ninguém entende o nosso amor."

"Ela não é a primeira mulher a perder a cabeça por um homem inadequado."

"E por um homem imaginário? Eu aposto qualquer coisa que o Sr. Evermoore é na verdade o Sr. Inexistente. Ela só quer nos impressionar."

"Mais um motivo para ser bondosa com ela."

"Essa é a melhor parte de ser sua irmã, Diana." Charlotte disse, despreocupada. "Você é boa o bastante por todas nós."

Diana sentiu uma pontada de culpa. Ela não tinha tratado o Sr. Dawes com bondade naquele dia. Em sua agitação, ela espetou o dedo com a agulha.

"Droga."

Ela procurou por seu dedal, mas não estava na cesta de costura nem perdido nas dobras de sua saia.

"Você viu meu dedal, Charlotte?"

"Não. Quando você usou pela última vez?"

"Esta tarde, eu acho. Quando nós fomos à *Touro e Flor* tomar chá. Eu tinha certeza de que estava na minha cesta, mas agora não consigo encontrar."

Antes que elas pudessem prosseguir com a busca, a porta rangeu e foi aberta, dando passagem a uma rajada de vento gelado. A visitante apareceu na entrada e jogou seu capuz para trás, revelando uma cabeleira loira muito clara.

Sally Bright sacudiu a capa molhada e a pendurou em um gancho. Suas faces estavam coradas.

"Eu trouxe a correspondência. O correio chegou muito tarde hoje, por causa das estradas lamacentas, e eu não quis que vocês tivessem que esperar até amanhã para pegar as cartas."

Diana sorriu para si mesma. Acompanhada de seus irmãos, Sally tocava a loja *Tem de Tudo* e era a maior fofoqueira da vila. Se ela tinha se dado o trabalho de ir entregar a correspondência, isso só podia significar que havia algo de muito interessante ali.

Algo que ela não conseguiu abrir com vapor, ler e lacrar de novo sem que ninguém percebesse. Sally então mostrou um pacote amarrado com barbante.

"Olhem. É um pacote da nossa querida Sra. Thorne. E está endereçado a todas vocês."

"Algo de Kate?" Charlotte pulou para pegar o pacote e logo começou a lutar com o barbante. "Oh, que maravilha."

Kate Taylor tinha sido a professora de música da vila até o verão anterior, quando se casou com o Cabo Thorne – agora Capitão Thorne – e os dois se mudaram devido à carreira em ascensão dele. Embora todos em Spindle Cove estivessem felizes pelo casal, a animação e as melodias de Kate faziam muita falta.

"É um pacote de livretos escritos à mão", Charlotte disse enquanto verificava o conteúdo. "E tem uma carta, que, imagino, eu deva ler primeiro."

"Em voz alta, por favor", disse Sally.

Todas as moças se aproximaram.

Charlotte arregalou os olhos ao passá-los pela página.

"Ela nos manda saudações de Ambervale."

Essa notícia foi recebida com um murmúrio geral de empolgação.

Ambervale era a propriedade da excêntrica família Gramercy, encabeçada pelo Marquês de Drewe. Kate era prima dos Gramercy, por meios tênues e bem escandalosos. Mas, apesar de tudo, eles a acolheram à família... e agora em sua casa, que ficava a poucas horas de Spindle Cove.

"Espero que isso signifique que ela está vindo nos visitar", Diana disse.

"Melhor ainda", Charlotte replicou. "Lorde Drewe está *nos* convidando para visitá-los. Todas nós!"

"Um baile!", a matriarca Highwood exclamou. "Oh, eu sabia. Sabia que Lorde Drewe iria querer outra chance com você, Diana."

"Mamãe, não sei se o convite significa algo assim."

"É claro que sim! Um homem tão atraente e elegante. Vocês formariam um casal esplêndido. Todo mundo consegue ver isso."

De novo, não. Quando os Gramercy estiveram em Spindle Cove, no verão anterior, a mãe das irmãs Highwood fez comentários muito constrangedores para o pobre Lorde Drewe, sempre sugerindo um casamento entre ele e Diana.

"Posso ler a carta", Charlotte interrompeu, com um olhar de superioridade, "ou preferem passar a noite adivinhando o que ela diz?"

A mãe fechou a boca e ficou quieta.

"Ela escreve que 'O Capitão Thorne e eu ficaremos hospedados em Ambervale durante um mês. Até agora tem chovido todos os dias. Eu imagino que vocês estejam aguentando o mesmo tempo entediante em Spindle Cove. Minhas queridas primas, Lady Harriet e Lady Lark, elaboraram o plano anexo'."

"Um plano?", repetiu a Sra. Highwood. "Que tipo de convite é esse?"

"'Como Lorde Drewe considera que danças e jogos de cartas seriam de mau gosto durante a quaresma, minhas primas criaram uma apresentação teatral'."

A Srta. Bertram se interessou.

"O Sr. Evermoore gosta muito de teatro."

Charlotte terminou de ler e fez um resumo para as outras.

"É uma apresentação sob encomenda e nós seremos as atrizes. Na próxima quinta-feira, Lorde Drewe enviará suas carruagens para levar as mulheres de Spindle Cove até Ambervale. Nós devemos ir preparadas para apresentar a peça anexa, que, Lady Harriet acredita, tem um significado religioso adequado ao período."

Diana pegou um dos livretos e leu o título em voz alta.

"Condenada pela Virtude: Vida e Morte de Santa Úrsula."

A Sra. Highwood estalou a língua.

"Essa Lady Harriet é muito estranha."

"Ela é brilhante!", Charlotte respondeu. "Que outra peça teria doze papéis femininos? Todas aquelas virgens. E ninguém poderá reclamar que essa diversão é indecente. Afinal, até nossa catedral é dedicada à Santa Úrsula."

"Vocês precisam providenciar os figurinos e tudo mais", Sally as lembrou, feliz com a perspectiva de mais vendas. "Vou abrir a loja mais cedo, amanhã."

O estado de espírito de todas na sala melhorou quando as cópias da peça foram distribuídas e os planos para ensaios, figurinos e adereços começaram a ser discutidos.

Diana tinha que concordar com a irmã. Lady Harriet *era* brilhante. Era disso que todas estavam precisando – algo para motivá-las na semana seguinte e a expectativa de um passeio. Uma distração. Talvez isso a ajudasse a tirar o Sr. Dawes da cabeça.

"É claro que Diana tem que ser Úrsula", Sally disse.

"Por que eu tenho que ser a Úrsula?" Diana se assustou com a proposta. Ela estava esperando ficar com um dos papéis menores, de acompanhante.

Sally deu de ombros, como quem diz algo óbvio.

"Pura, linda, virtuosa. É você, Srta. Highwood, não é?"

Não, Diana quis protestar. *Não, não sou! Você está olhando para uma mulher que ficou obcecada pelos braços musculosos de um homem esta tarde. E fugiu do beijo dele por covardia, não virtude.*

Pela primeira vez desde o anúncio daquela produção teatral, a mãe delas mostrou entusiasmo genuíno.

"Sim", a matriarca concordou, "Diana tem que ser Úrsula. Com Lorde Drewe fazendo o papel de noivo dela. É perfeito!"

Diana apertou a ponte do nariz.

"Mamãe, você sabe como essa história acaba? Como Úrsula se tornou uma santa? Ela foi decapitada pelos hunos e morreu virgem."

"Verdade." Charlotte folheou o livreto com a peça. "Mas o mesmo aconteceu com as acompanhantes. Todas morreram virgens."

"Está vendo? Pelo menos assim você será a virgem *principal*", respondeu a mãe. "E você terá o melhor figurino. Um figurino de *noiva*. Isso vai mexer com a cabeça de Lorde Drewe."

"Pois eu lhe digo que não vai." Em uma tentativa de terminar a conversa, Diana voltou a procurar seu dedal. Onde ele podia ter ido parar?

Com uma exclamação presunçosa, a Sra. Highwood apoiou o pé em uma banqueta e ajeitou suas anáguas.

"Você está destinada a ser a esposa de um nobre, Diana. Eu sempre soube. Minha intuição..."

"Desculpe-me, mas sua intuição não deve ser muito boa", Diana a interrompeu enquanto espiava embaixo de uma poltrona. "Você está prevendo meu grande casamento há anos. Durante esse tempo, apenas três nobres solteiros passaram por esta vila. E nenhum deles expressou o menor desejo de se casar comigo."

"Porque você não os encorajou! Quando se gosta de um cavalheiro, é preciso fazer com que ele saiba. Não com palavras, é claro, mas com a linguagem das sutilezas femininas."

Sutilezas femininas? A mãe das jovens tinha a sutileza de um elefante em um desfile. Ela jogava Diana, descaradamente, no caminho de qualquer cavalheiro disponível.

Por outro lado, o único homem que Diana considerava atraente não era um cavalheiro, mas sim o ferreiro da vila. E parecia que as sutilezas não eram o ponto forte dela, porque o homem em questão percebeu direitinho o que Diana estava sentindo.

Aaron Dawes sabia que os pensamentos dela não tinham nada de virtuosos.

Mas ele quis beijá-la mesmo assim.

Ela olhou pela janela outra vez. A égua dele continuava do lado de fora da taverna.

"Eu tenho sentimentos, mamãe, mas sou cuidadosa. Você sabe que eu tenho que ser."

Ela levou a mão à correntinha que levava no pescoço e ao frasco que havia ali. Aquele era seu talismã. O remédio que havia ali a ajudava durante as crises de respiração. Diana sofria de asma desde garotinha.

Para a maioria das crianças, ataques de birra, lágrimas e surtos de alegria faziam parte de uma infância normal. Não no caso de Diana. Ela não só tinha sido criada dentro de casa, sem poder correr, brincar e pular na neve, como também foi ensinada a controlar suas emoções. Sem rompantes de qualquer tipo.

Emoções eram muito perigosas.

Charlotte se acomodou ao lado dela, enfiando-se na mesma poltrona e acariciando o ombro de Diana.

"Você sabe como eu detesto concordar com a mamãe", ela murmurou. "Mas eu não acho que ela esteja completamente errada. Você deveria interpretar Úrsula. E flertar com Lorde Drewe, se tiver vontade. Esta é a sua vez de ficar com o papel principal."

"É a minha vez de ser uma virgem medieval martirizada?"

"Sua vez de fazer o que quiser. Você lembra o que a Susanna disse no ano passado sobre sua asma. Não vai voltar. E se você não precisa mais se preocupar em não morrer... por que não começa a viver?"

Charlotte colocou uma cópia da peça na mão de Diana.

"Aqui. Escolha o papel que quiser. A não ser Córdula. Eu quero ser Córdula. Ela tem a execução mais sanguinolenta."

Diana ficou olhando para a peça por um instante. Então ela devolveu o livreto para a irmã.

"Agora não. Eu acho... acho que me lembrei de onde deixei meu dedal." Ela falou e se levantou.

"Sério? Onde?"

Diana foi até a porta e pegou sua capa em um cabide ao lado.

"Na *Touro e Flor*. Vou correr até lá para pegar."

"Com esta chuva?!", a mãe exclamou.

Diana fechou a porta, deixando a objeção de sua mãe para trás, e atravessou a praça correndo.

Charlotte estava certa. Agora que sua saúde estava boa, Diana não precisava mais temer suas próprias emoções.

Ela *queria* viver intensamente. E iria começar nessa noite.

Aaron disse a si mesmo que a segunda bebida seria a última.

E então ele pediu mais uma.

Fosbury já tinha mandado Pauline para casa, e bocejou quando deslizou o copo cheio pelo balcão.

"Eu vou embora", Aaron disse. "Está tarde."

"Pode ficar à vontade." Fosbury apertou o avental na cintura. "Eu tenho que fazer a massa para o pão de amanhã. Dê um grito se precisar de alguma coisa."

Assobiando, Fosbury entrou na cozinha.

Aaron estava começando a se acostumar com o silêncio confortável da taverna quando a porta rangeu. Ele virou a cabeça esperando ver um dos pescadores ou fazendeiros entrando para tomar uma cerveja tardia.

Mas o que ele viu quase o derrubou de seu banco.

Diana Highwood.

Ela passou apressada pela porta, fechou-a atrás de si e parou de repente. Encarando-o.

Aaron não sabia o que dizer, mas parecia que ela esperava ouvir alguma coisa.

"Boa noite." Foi o que ele escolheu.

"Boa noite", ela respondeu.

Outra pausa longa e desconfortável.

Ela olhou para o banco vazio ao lado dele.

"Posso me sentar com você?"

Estupefato, ele fez um sinal para ela se aproximar.

Diana chegou perto do balcão e sentou-se, ajeitando as saias delicadamente.

Aaron levantou sua bebida, olhando para ela com o canto do olho. Ele tinha passado muitos momentos a admirando, mas nessa noite algo estava diferente.

Ela estava diferente. Ele não conseguia olhar para Diana nessa noite e ver um modelo de perfeição sobre um pedestal. Ela era uma garota despenteada sentada em um banco de bar. Molhada por conta da chuva, com as faces coradas e fios de seu cabelo claro colados na testa. Ela parecia impulsiva. Sensual.

Mais linda do que nunca. Entre a aparência inebriante dela e o fato de ele estar em seu terceiro uísque, Aaron se sentiu perdido. Ele não sabia o que a moça fazia ali, mas enquanto ela permanecesse sentada ao seu lado, iria admirá-la. Ele apoiou o cotovelo no balcão e se embriagou de cada detalhe do rosto molhado de chuva.

O olhar dela desceu para o copo de uísque.

"Você está bebendo?"

"Estou."

Ela pegou o copo e o observou.

"É conhaque?"

"Na verdade, é..."

Antes que ele conseguisse falar, ela levou o copo aos lábios e virou metade do conteúdo com um gole.

"...uísque", ele completou.

Ela pôs o copo no balcão e o encarou, de olhos arregalados. E tossiu.

"Oh. É mesmo. Nossa."

Depois de um instante, ela ergueu o copo outra vez.

Dessa vez, Aaron agiu. Ele segurou o pulso fino dela, detendo-a.

"Srta. Highwood, você não deve."

"Oh, mas eu acho que devo. Eu acho que isto é exatamente o que eu estou precisando."

"Mas e a sua saúde?"

"Está falando da asma?" Ela pôs o copo no balcão e ele soltou seu pulso. "Minha asma não me incomoda há anos."

"É claro que incomoda. É por causa dela que você está aqui, em Spindle Cove."

Ela balançou a cabeça lentamente.

"Eu não tenho uma crise desde aquela que você testemunhou, nesta taverna. Isso foi há dois verões. Susanna consultou médicos em Londres e ela acha que eu superei a doença. As pessoas superam, foi o que me disse. Parece que eu estou... estou curada."

Curada? Aaron ficou confuso. Aquilo não fazia sentido. Os problemas de respiração dela eram o motivo pelo qual as Highwood tinham se mudado para a vila – o ar marinho era benéfico para os pulmões de Diana.

Ela remexeu no colar que ele tinha consertado mais cedo naquele dia – que mantinha o frasco com a tintura preciosa pendurado na corrente.

"Eu não preciso mais disto. Eu sei, no fundo da minha alma, que não preciso. Eu só continuo usando por hábito." Os olhos azuis dela encontraram os dele. "E porque foi você que fez."

A confissão dela foi como um soco no queixo. Veio do nada e fez a cabeça dele girar.

O uísque estava começando a afetá-la. Ele notou pelo brilho vidrado nos olhos e pelos movimentos instáveis das mãos dela. E, principalmente, pelas palavras ridículas que brotavam da boca de Diana.

Ele jogou algumas moedas no balcão e levantou, colocando a mão debaixo do cotovelo dela para ajudá-la a se levantar.

"Venha. Eu acompanho você até a pensão."

Ele não lhe deu chance de recusar, e passou o braço dela pelo seu de um modo que, Aaron esperava, não parecesse indecoroso para quem pudesse ver os dois.

"Você estava com a razão, mais cedo", ela confessou. "Eu não sou desajeitada."

Ela mal terminou a frase quando tropeçou na soleira da porta.

"Normalmente, não", ela riu.

Riso? Aaron não lembrava de algum dia ter ouvido Diana Highwood rindo.

"Eu quebrei o colar de propósito, só para você consertá-lo. Para que eu pudesse ver você o consertando." Ela meneou a cabeça. "Tão desonesto da minha parte, não é? Por que fiz isso? Eu menti para você, menti para mim mesma."

Ele a conduziu pela rua até a praça da vila. O local estava lamacento, mas era o caminho mais curto. Fazer com que ela chegasse a sua casa rapidamente parecia ser a melhor estratégia.

"Srta. Highwood, você precisa descansar."

"Eu não preciso descansar. Estou curada. Estou ótima!"

"De qualquer modo, está tarde. E chovendo. Você precisa voltar para a pensão antes que sua mãe e sua irmã fiquem preocupadas."

"Não." Ela levou a mão à testa. "Não, eu não quero voltar para a pensão. Eu quero..." Ela contorceu o rosto, e sua fala ganhou em velocidade o que perdeu em coerência. "Ah, eu nem sei o que quero. Esse é o problema. Minha vida toda fui desencorajada a querer qualquer coisa. Eu não podia provocar o gosto de Minerva pela discussão, a exuberância de Charlotte nem os nervos da minha mãe. Precisava ser calma. Uma Diana tranquila, serena. Eu sempre fui assim. Nada de paixões nem de sonhar com aventuras. Parecia bobagem planejar um futuro. Pelo que eu sabia, não iria sobreviver para ver nenhum plano se realizar."

Ele não gostou daquela conversa sobre a morte dela.

"Mas você disse que está curada", Aaron a lembrou.

"E então esta noite..." A voz dela falhou enquanto gesticulava para a Queen's Ruby. "Esta noite minha irmã me perguntou se eu não queria começar a viver. E percebi que eu nem sei o que quero da vida. Eu sei o que a minha mãe quer para mim. Sei o que todo mundo espera. Mas o que *eu* desejo de verdade?"

Excelente questão. Aaron esperou pela resposta.

Ela levou a mão ao peito.

"Eu quero ter minha temporada em Londres e me casar com um lorde? Ou ficar aqui na vila e me tornar uma solteirona? Quero entrar para o circo? Eu não sei, Sr. Dawes. Eu não sei e isso me deixa aterrorizada! Todos esses anos reprimindo minhas emoções... Meus pulmões estão curados, mas a que custo? Sou uma estranha para o meu próprio coração."

O rosto dela estava salpicado de gotas de chuva, como orvalho nas pétalas de uma flor. Droga, aquilo era tortura. Ele queria reconfortá-la ou protegê-la, mas não sabia como. Diana não era dele para que Aaron pudesse cuidar dela.

Ele a puxou para debaixo dos galhos de uma castanheira. O mínimo que podia fazer era abrigá-la da chuva.

"Só existe uma coisa que eu tenho certeza de estar sentindo", ela disse.

"Diga o que é."

O que quer que fosse, Aaron jurou que Diana teria.

Finalmente ela tinha se livrado dos grilhões que a prendiam – as restrições impostas pela doença e as expectativas de sua mãe. Ótimo. Isso seria bom. Diana merecia ter as coisas que desejava.

"Esta tarde", ela se aproximou dele, "eu queria que você me beijasse. Desejava isso mais do que qualquer outra coisa que já quis na minha vida."

Com isso, ela inclinou o rosto para ele.

E fechou os olhos.

Aaron olhou para Diana e ficou observando as nuvens esbranquiçadas de respiração que saíam por entre os lábios dela. Ele sentia o sabor delas. Nuvenzinhas de uísque.

As pálpebras dela abriram com um tremor.

"Você... você também não queria me beijar?"

"Eu queria."

"Então por que não beija? Estamos sozinhos. Ninguém precisa saber."

Ele bufou ao ouvir isso.

"É impossível manter um segredo nesta vila."

"Não é, não. Eu tenho mantido todos os tipos de segredos há anos. Por exemplo, às vezes eu imagino, com muita intensidade, como você ficaria sem a camisa. Você nunca teria imaginado isso, teria? Ninguém teria."

Ele não conseguiu conter uma risada de espanto.

"E eu admiro seu cabelo." Ela ergueu a mão e seus dedos sem luva pegaram uma mecha do cabelo dele. "Às vezes fica comprido e chega até o colarinho. Então, no dia seguinte está curto de novo. Eu fico imaginando quem você foi ver."

Ela estava um pouco bêbada e bastante agitada... mas suas palavras abriram um poço de curiosidade. Ele sempre soube que ela era mais do que o rostinho bonito que todos admiravam. Sabia que Diana tinha coragem e um bom coração. Mas naquele momento ele começou a perceber outras qualidades. Sensualidade. Ciúme. Um senso de humor interessante.

Aquela era uma Diana Highwood completamente nova. Verdadeira. E estava com ele, naquele instante, na chuva e no escuro.

"Você não vai me beijar?", ela sussurrou, aproximando-se. "Só uma vez?"

"A questão, Srta. Highwood, é que não estou interessado em beijá-la apenas uma vez."

"Oh." Ela ficou desconcertada.

Ele colocou um dedo debaixo do queixo dela, erguendo seu rosto de novo.

"Se eu fosse beijá-la, uma vez não seria o suficiente. Desejaria beijá-la muitas vezes. Em muitos lugares."

Ela arregalou os olhos.

"Oh. Eu... eu entendo."

Ele duvidava que ela entendesse. Ela não podia nem imaginar. Alguns dedos de uísque não produziam tanto entendimento. As imagens carnais que vinham à mente de Aaron deixariam enrubescidas até as meias de Diana.

"Escute", ele disse, "eu sei que você tem vivido em um tipo de gaiola. E esta noite, parece que percebeu que a chave esteve em seu poder esse tempo todo. Você tem direito a um pouco de rebeldia, mas não pode ser comigo. Eu não posso ser o homem que você vai se arrepender de ter beijado."

"Então faça com que o beijo seja bom. Assim não vou me arrepender." Sorrindo, ela passou os braços ao redor do pescoço dele e projetou seu peso para frente.

Jesus. Ela mal conseguia ficar em pé. O que, é claro, significava que seu corpo estava todo colado no dele. Por sorte, a capa de lã dela era tão grossa quanto uma manta de cavalo.

"Srta. Highwood..."

"Pode me chamar de Diana." Ela deixou a cabeça pender para frente, aninhando-se no casaco dele.

"Diana." Até ele pronunciar o nome dela em voz alta, não sabia o quanto desejava chamá-la assim. *Diana, Diana.*

"Você é tão forte", ela murmurou. "E quente... Você cheira a sabão."

"Diana, eu conheço você. Nós vivemos há quase dois anos na mesma vila e passamos por algumas provações juntos. Vamos dizer apenas que eu tenho prestado atenção em você. Não vou negar que eu quero isso, mas não deste modo. Você está confusa, aborrecida e mais do que um tantinho bêbada. Isto" – ele pôs um braço ao redor dela, apoiando-a – "não pode acontecer esta noite."

Diana continuou pendurada nele, o rosto enterrado em seu casaco. Ele a abraçou, tentando aquecê-la. Não se tratava apenas de cavalheirismo altruísta da parte dele. Aaron estava adorando tê-la em seus braços.

Ele inclinou a cabeça e murmurou na orelha dela:

"Agora eu vou levar você para casa."

Ela choramingou em protesto.

"Não, Diana, precisa ser agora. Ou então eu ficarei tentado a levá-la para *minha* casa, e você estará arruinada. Todas as escolhas que vislumbrou esta noite iriam desaparecer. Arruinada e forçada a casar com um ferreiro? Você não quer isso."

Ela não respondeu, apenas o abraçou mais apertado.

"Você não quer isso", ele repetiu com mais firmeza.

Ou será que ela *queria*?

Ela ficou em silêncio por alguns instantes... instantes que se transformaram em uma eternidade esperançosa no coração dele.

E então ela deu sua resposta – um suave e inconfundível ronco.

Capítulo Três

Na manhã seguinte, Diana acordou cheia de arrependimentos. E esses arrependimentos doíam em seus olhos. Aquela dor latejante em sua cabeça parecia até...

Marteladas na bigorna de um ferreiro.

Ela gemeu e cobriu os olhos com as mãos. Ela tinha uma vaga lembrança de passar pela porta da pensão, acenar um breve boa-noite para sua mãe e irmã, e depois ir cambaleando para a cama. Infelizmente, as lembranças de ela se atirando em Aaron Dawes eram muito claras.

Oh, que humilhação. O que ele devia estar pensando dela?

Ela cobriu a cabeça com o lençol e se virou para enterrar o rosto no travesseiro. Um erro. Não podia se esconder da lembrança ali. Quando encostou o rosto na fronha, recordações do abraço da noite anterior a tomaram de repente... O calor e a força bruta de Aaron. O modo como foi honrado com ela, mesmo quando Diana jogou toda sua boa educação na lama aos pés dele.

Sua cabeça latejava. E todo o resto de seu corpo doía com um desejo ardente e sem esperança.

"Diana?" Charlotte bateu na porta. "Você está bem?"

Não! Não, eu não estou bem. Estou muito mal da cabeça. E do coração. Por favor, vá embora.

"A chuva parou", Charlotte disse, abrindo uma fresta na porta. "Mamãe quer fazer uma visita a Summerfield. Você vem conosco?"

Diana se sentiu tentada a ficar na cama e alegar dor de cabeça. Ela nem precisaria exagerar. Mas se havia uma coisa da qual se orgulhava quanto à noite passada, era ter decidido que não seria mais definida por sua "saúde delicada".

Ela jogou as cobertas para o lado.

"Eu vou com vocês."

Ela levantou da cama, vestiu-se, engoliu um pouco de chá com torrada e calçou seus sapatos mais resistentes. Talvez, se andasse o bastante, conseguiria deixar para trás aquele sentimento de humilhação.

A caminhada até Summerfield, de fato, suavizou alguns dos nós em sua barriga. E todas aproveitaram a breve visita a Sir Lewis Finch, que lhes contou as últimas histórias sobre a sua neta. Quando começaram o caminho de volta para casa, o céu tinha clareado bastante. Diana quase conseguiu se esquecer do constrangimento da noite anterior.

Quase.

"Como foi na noite passada?", Charlotte perguntou.

Diana tropeçou em uma pedra.

"O que você quer dizer?"

"Seu dedal. Você o encontrou na *Touro e Flor*?"

O dedal. Diana meneou a cabeça.

"Não estava lá."

"Que esquisito."

"Nem tanto. É só um dedal. Dedais somem."

"Mas esta manhã mesmo a Sra. Nichols também não encontrou seu tinteiro. É um mistério."

Diana sorriu. A imaginação de Charlote sempre a fazia ver as coisas de forma mais empolgante do que realmente eram.

"Deve ser só uma coincidência."

"É uma tragédia!", a Sra. Highwood exclamou, parando no meio da trilha. "Oh, isso é insuportável."

"O sumiço do meu dedal é uma tragédia? Eu consigo sobreviver."

"Não, olhe!" A mãe gesticulou para o céu, onde a espessa cobertura de nuvens se abriu para revelar um pedaço de céu azul – e, dentro dele, a face brilhante e alegre do sol. "O sol saiu. Oh, que terror."

"Terror?" Charlotte riu. "É a primeira vez que vemos o sol em quinze dias. É maravilhoso."

"É terrível, porque sua irmã saiu da pensão apenas com a capa, sem um chapéu adequado." Ela correu para o lado de Diana. "Dez minutos de sol e você vai ter sardas. Oh, e falta menos de uma semana para irmos a Ambervale. O que Lorde Drewe irá pensar?"

"Se ele notar – o que duvido – vai pensar que eu tomei sol."

"Exatamente!" Ela puxou o capuz da capa da filha o máximo que pôde. "Mantenha a cabeça baixa, Diana. Olhe apenas para os pés."

Diana ergueu a cabeça, deixando o capuz cair para trás.

"Mas como eu vou enxergar para onde estou indo? Posso cair de cara no chão. Acredito que Lorde Drewe repararia mais em hematomas do que em sardas."

"Abaixe a cabeça, estou dizendo." A mãe puxou o capuz de novo.

"*Não!*" Diana o empurrou para trás. "Mãe, você está sendo ridícula. A manhã está linda e eu quero aproveitá-la."

Ela se preparou para outra rodada de capuz-de-guerra, mas a mãe desistiu de tentar. Diana se distraiu com o som de cascos de cavalos e rodas de carruagem e se virou para olhar.

"Lá vem o Sr. Keane com seu cabriolé. Ele vai salvar você."

"Ele vai me salvar? Eu sobrevivi a anos de asma. Acredito que sardas não sejam uma doença terminal."

"Abaixe a cabeça", vociferou a mãe. Quando o cabriolé aproximou-se, ela ergueu um braço e acenou para ele com seu lenço, como se fosse um marinheiro na água precisando de uma corda. "Sr. Keane! Oh, Sr. Keane, ajude!"

"Por favor, não o incomode."

"Ele é o vigário. Tem que fazer uma boa ação."

O cabriolé foi diminuindo a velocidade e parou no meio da trilha. Com o sol forte e as sombras, era difícil enxergar quem estava no assento coberto, mas o condutor não parecia ser o vigário. Aquele homem era bem... maior.

"Algum problema?", a voz perguntou com um tom grave e conhecido demais.

Ah, não. Não. Não pode ser.

Que infelicidade... Diana aceitou o conselho da mãe, puxou o capuz e olhou para os sapatos.

"Ora, Sr. Dawes", a mãe disse em tom desconfiado. "O que você está fazendo com o cabriolé do Sr. Keane?"

"*Mamãe*", Diana murmurou. Bom Deus, ela fez soar como se Aaron tivesse roubado o veículo.

"Bom dia para a senhora também, Sra. Highwood", respondeu Aaron com paciência. Com o canto do olho, Diana viu que ele tocava o chapéu. "Srta. Charlotte. Srta. Highwood."

Diana sentiu o olhar dele sobre si. Agora não importava se ela ficaria protegida do sol. Um rubor tão furioso como o que estava sentindo deixaria marcas em seu rosto por um mês.

"O Sr. Keane me pediu para consertar o eixo", ele explicou. "Estou dando uma volta para testar o conserto antes de devolver o cabriolé para ele. Posso ajudar em alguma coisa?"

Enquanto ouvia a mãe se estender sobre a tragédia que era o sol e a necessidade de manter a cútis da filha sem marcas para Lorde Drewe, Diana foi se encolhendo de vergonha.

"Com certeza você pode levar minha Diana de volta para a pensão", pediu a Sra. Highwood. "Eu sei que é uma liberdade com a propriedade do vigário, já que você é apenas o empregado. Mas ouso dizer que posso contar com a permissão do Sr. Keane. É o que ele faria, sendo um cavalheiro."

Mãe!

De quantas maneiras ela poderia insultá-lo? O Sr. Dawes não era um "empregado". Ele era um profissional qualificado, um artífice habilidoso, e todos na vila – incluindo o Sr. Keane – o respeitavam.

"Por favor, não se incomode conosco, Sr. Dawes", Diana disse, sentindo que tinha que erguer a cabeça. "Eu posso muito bem ir andando."

"O quê?!", a mãe grasnou. "Você vai ficar enrugada."

Ela encarou Aaron e tentou lhe enviar um olhar de desculpas. *Perdoe-a. Perdoe-me.*

Era impossível ler a expressão dele.

"Ficarei feliz de levar a Srta. Highwood para a vila. Estou mesmo indo para lá."

"É muita bondade sua", agradeceu a mãe. "Quando eu vir o Sr. Keane, com certeza vou elogiar muito os seus serviços. Talvez você até receba uma moeda."

"Muito gentil da sua parte, senhora."

O Sr. Dawes desceu do cabriolé, ajustou a capota móvel para o máximo de cobertura, e então ofereceu sua mão para ajudar Diana. Apesar do constrangimento da situação, ela ficou empolgada com a sensação da mão dele segurando a sua e a facilidade com que a ergueu até o assento.

Quando ele se sentou ao lado dela, Diana se encolheu no lado oposto.

"Vejo você na Queen's Ruby", disse a mãe. "Não se preocupe com o fato de eu ir caminhando. Vou ficar bem. Mesmo na minha idade."

"Tenho certeza de que sim", murmurou Diana.

Conforme o Sr. Dawes estalou as rédeas e colocou o cabriolé em movimento, Diana se afundou no assento.

Ela aprendeu algo novo enquanto sacolejavam pela trilha. Constrangimento não era caracterizado pelo silêncio. Ah, não. Ele tinha a sua própria sinfonia. A batida de um coração errático contrastando com o ritmo constante dos cascos na lama. O rugido de milhares de palavras não ditas acumuladas na garganta de alguém, todas clamando para serem libertadas. O som da folhagem das cercas vivas chiando ao passar por eles – cada sopro levando-os para mais perto da vila, e cada um parecendo mais uma repreensão. Outra oportunidade perdida.

A emoção foi se acumulando freneticamente no peito dela. Diana não conseguiu mais ficar em silêncio.

"Sr. Dawes. Por favor, deixe eu me desculpar. Pela minha mãe. E pelo meu comportamento ontem à noite. E ontem à tarde. Eu não sei o que..."

Ele ergueu a mão, silenciando-a com delicadeza.

"É verdade", ela insistiu. "Você deve me achar a mais presunçosa..."

"Eu não acho nada disso", ele afirmou, mantendo os olhos na estrada. "Só estou tentando ouvir o eixo. Acredito que eu o ouvi ranger."

"Oh. Desculpe-me." Ela mordeu o lábio, com força. *Pare de falar, sua tonta.*

"Segure isto por um instante." Ele lhe passou as rédeas, então se curvou e inclinou o corpo todo para o outro lado, olhando por baixo da lateral do cabriolé para observar o eixo em movimento.

Diana baixou os olhos para as tiras de couro em suas mãos. Então olhou para os cavalos trotando e a estrada lamacenta que corria debaixo deles.

"Sr. Dawes", ela sussurrou, rouca de medo. "Sr. Dawes, eu nunca..."

"Só um instante." Ele ergueu a mão de novo, pedindo silêncio.

Aquilo não podia esperar um instante.

"*Sr. Dawes.*"

Ele se endireitou e virou para ela.

"Qual é o problema?"

"Por favor, pegue as rédeas", ela pediu. "Eu não sei conduzir."

"Você parecia estar conduzindo agora mesmo."

"Mas e se eu tivesse que virar? Ou diminuir? Ou parar?" Ela apertou mais as mãos. "Oh, céus. Agora eles estão indo mais rápido."

Aaron se aproximou de Diana no assento. Seu braço encostou no dela.

"Você está indo bem. Esta estrada não é movimentada e os cavalos sabem o caminho." Ele pôs as mãos sobre os pulsos dela, mexendo de leve neles. "Apenas erga um pouco as rédeas e afrouxe as mãos. Esses cavalos são bons. São treinados com um toque leve."

Ele a ajudou a posicionar as rédeas, passando-as por entre os dedos dela.

"Assim?", ela perguntou, endireitando-se no assento.

"Assim mesmo. Você está indo bem."

A voz baixa e gentil dele a hipnotizou e lhe deu confiança.

Aaron lhe mostrou os comandos para virar à direita e esquerda; como fazer os cavalos correrem mais e como pará-los. A lição foi uma distração bem-vinda. Pelo menos eles tinham algo para conversar que não os eventos humilhantes do dia anterior.

"Toda mulher deveria aprender a conduzir um veículo", ele disse. "Ensinei as minhas irmãs, quando elas tinham a idade adequada. Eu nunca entendi por que as mulheres de Spindle Cove passam tantas manhãs disparando pistolas e mosquetes, mas nunca têm aulas de condução ou montaria."

"Acredito que seja porque as aulas de tiro fazem com que a gente se sinta forte. No controle de nós mesmas e da nossa vida." Pelo menos, era isso o que a prática semanal de tiro ao alvo fazia por Diana.

"Não estou dizendo que seja algo ruim." Ele deu de ombros. "Mas uma coisa é a *sensação* de poder, e outra é literalmente tomar as rédeas. Existem muitas situações das quais a mulher poderia muito bem se afastar pegando uma carruagem e a conduzindo para longe. Mas são poucas em que seria aconselhável abrir caminho à bala."

Ele tinha razão, Diana pensou. Carregar e disparar uma pistola podia dar uma descarga de euforia, mas tomar as rédeas era um poder verdadeiro. A liberdade de escolher seu próprio destino e controlar o poder que a leva até lá.

"Pronto, agora você já sabe como conduzir." Ele voltou para seu lado do assento. "Aonde você quer ir?"

Diana puxou as rédeas, fazendo os cavalos pararem no meio da trilha vazia. "Eu quero parar aqui mesmo e pedir desculpas para você. Eu sei que não quer conversar sobre ontem, mas não vou conseguir ficar à vontade até falar disso. Você foi muito gentil comigo e eu não posso... ouvi o modo como minha mãe falou com você, e preciso que saiba que eu não penso daquele jeito. Quando fui à taverna, ontem à noite, eu não estava só vivendo um momento de rebeldia. Eu..."

Ela falava olhando para as próprias mãos, mas se obrigou a erguer os olhos para ele.

As feições atraentes de Aaron estampavam sua confusão. Oh, ela estava se atrapalhando toda.

"Posso ser honesta com você?", ela perguntou. "Eu acho que essa é a melhor estratégia. Vou revelar tudo o que estive guardando comigo. Depois, tudo isso vai parecer ridículo, é óbvio. Nós vamos dar uma boa risada e isso vai ser o fim de tudo. Você aguenta?"

"Eu aguento coisa muito pior." A boca larga dele se torceu em um sorriso.

"Eu..." *Fale logo.* "Estou apaixonada por você há algum tempo. É, eu sei, é terrível."

"Terrível", ele repetiu.

"Não que *você* seja terrível, é claro. Não foi o que eu quis dizer. Acho você admirável. Terrível sou eu. Tudo começou na noite do acidente com o Finn. Você mostrou tanta confiança, tanta força. Fez o que precisava ser feito, sem hesitar."

"Naquela noite? Pode acreditar, eu hesitei muito. Por dentro eu estava hesitante."

"Eu não percebi." Ela riu baixo. "De todos os lugares ou situações para me apaixonar por alguém... Ficar admirando um homem ao lado de uma mesa de amputação. É constrangedor, não é?"

"Bastante."

"Essa não é uma história que uma mulher gostaria de contar para seus netos, um dia."

"Não, eu acho que não é."

Diana já se sentia mais leve.

"Está vendo, eu lhe disse que tudo isso soaria ridículo. Oh, e tem muito mais. Você já sabe que eu quebrava as coisas de propósito só para ter uma desculpa para ir à sua oficina. Quando você começou a perceber a verdade?"

"Há pouco tempo." A boca dele fez uma careta autodepreciativa. "Não sou muito esperto."

"Isso não é verdade." Ela fez um gesto de descrença. "Você é tão perspicaz. Isso fica evidente nos seus trabalhos mais delicados. Eu passei horas admirando suas bijuterias na loja *Tem de Tudo*. Comprei cinco peças."

"Cinco?!"

"Isso mesmo, cinco." Ela se encolheu. "Disse à Sally que iria mandá-las como presentes para minhas amigas. Um gostinho de Spindle Cove, falei. Mas nunca pretendi me desfazer de nenhuma delas. Guardei todas para mim mesma. Foi uma burrice tão grande, porque como eu tinha dito que eram presentes, não podia ser vista usando as bijuterias. E se eu as guardasse na minha caixa de joias,

Charlotte as encontraria – ela está sempre remexendo nas minhas coisas sem me pedir. Então resolvi guardá-las no baú com meu enxoval. Estão embrulhadas em um lenço de linho."

"Você tem cinco das minhas peças no seu enxoval?"

"Bem, apenas quatro."

"Onde está a quinta?", ele perguntou.

Ela sacudiu a cabeça e levou a mão ao rosto.

"Oh, é aí que a coisa fica realmente constrangedora. Tem uma que eu não consigo guardar. Mas também não tive coragem de usá-la. Então eu a tirei da corrente e costurei bolsinhos nos meus vestidos. Toda manhã eu guardo a peça num desses bolsos quando me visto, e à noite eu a escondo..." Ela enterrou o rosto nas mãos.

"Onde?" Ele parecia estar gostando daquilo.

"Debaixo do travesseiro", ela gemeu com o rosto nas mãos, sabendo que ele riria. "Como se eu fosse uma garota de 14 anos."

Ele riu, mas foi uma risada simpática.

"Eu admiro todo seu trabalho, mas essa peça é a minha favorita. No momento em que a vi na loja da Sally, eu percebi que ela tinha que ser minha. Ela parecia..." Diana tinha chegado até ali. Não havia como parar, naquele momento. "Ela parecia feita para mim."

Ele ficou quieto por um instante.

"É um pingente de prata, pequeno? Um trevo de quatro folhas?"

"Isso...", ela aquiesceu.

"Então você está certa", ele disse. "Já que vamos ser honestos, preciso dizer que fiz essa peça pensando em você."

"Oh." O coração dela deu uma cambalhota dentro do peito.

"Fiz todas as minhas melhores peças pensando em você. Eu nunca questionei o porquê de você ir tanto à forja porque ficava contente quando aparecia. Eu não queria que você parasse de ir. E aquela noite com Finn? Foi quando tudo começou para mim também."

Eles ficaram se encarando. Os olhos escuros dele a mantinham em transe.

"Eu acho você terrivelmente atraente", ela soltou, porque era a única coisa que faltava dizer.

Aaron massageou sua própria nuca.

"Eu lhe diria que você tem o tipo de beleza que é injusto com rosas e sóis poentes. Mas eu acho que esta conversa honesta não está saindo do jeito que você esperava."

"Não, não está", Diana concordou. "Nós deveríamos estar rindo, mas nada disso parece ridículo. Na verdade, está ficando mais sério a cada instante."

Saber que a atração que ela sentia era correspondida – que tinha acertado quanto ao significado daqueles olhares demorados e penetrantes que ele lhe dava... A confirmação levantou seu ânimo e um formigamento delicioso percorreu Diana dos fios de cabelo aos dedos dos pés. Mas ela não sabia o que deveria acontecer em seguida.

Porém, era evidente que ele tinha algumas ideias.

Aaron tomou as rédeas de suas mãos e as prendeu na grade da frente. Então a pegou nos braços e a trouxe para perto de si.

O coração dela descompassou. Aquilo ia mesmo acontecer.

Ela tinha fugido do beijo dele na primeira vez.

Na segunda, ela implorou por um beijo.

Mas Diana tinha aprendido a lição. Ela não fez nada a não ser ficar absoluta e completamente imóvel.

E funcionou.

Os lábios dele tocaram os dela, transmitindo a mistura incomparável de força e ternura que Diana tanto esperava. E desejava.

Mas, cedo demais, ele ergueu a cabeça.

"Você já foi beijada antes?"

"Eu não sei se devo dizer sim ou não. Qual resposta vai fazer você me beijar de novo?"

"Oh, eu vou beijá-la de novo." O polegar dele acariciou o rosto dela. "Eu só queria saber se devo ir devagar."

"Um pouco mais rápido seria ótimo." Afinal, ela esperava por isso há 23 anos.

A resposta dele foi um rosnado sensual, empolgante.

"Como você quiser."

Ele retomou o beijo com uma série de toques firmes de sua boca na dela. A fricção quente fez os lábios de Diana se abrirem, e a língua de Aaron passou por entre eles.

A invasão foi espantosa. Diana sentiu como se o cabriolé tivesse desaparecido debaixo dela, e então sentiu-se à deriva em mares desconhecidos. Muito distante das fronteiras da sua experiência.

Como se percebesse a incerteza dela, Aaron apertou os braços, pressionando-a junto ao peito. A cabeça dela foi naturalmente para trás e ela ficou vulnerável sob ele, então, e o ferreiro tomou o controle, aprofundando o beijo. A língua dele tocou a dela. A sutil aspereza da barba recém-aparada raspou os lábios dela.

Tão intrigante e masculino. Ela queria tocá-lo, deslizar seus dedos pelo rosto dele. Mas Diana perdeu a coragem, receosa de fazer algo errado e interromper tudo aquilo.

Ela queria que o beijo durasse para sempre.

Quando enfim se afastou, Aaron não tentou esconder que também estava balançado. Estava ali, nos olhos dele. O mar profundo de desejo mútuo no qual ambos tinham colocado apenas a ponta dos pés.

"Sr. Dawes", ela suspirou. "O que nós vamos fazer?"

"Primeiro, você começa a me chamar de Aaron."

"Aaron", ela testou o som. "O que nós vamos fazer?"

Ele se afastou um pouco.

"Acho que preciso mudar o discurso que comecei ontem à noite. Quando a lembrei de que você é uma aristocrata e que eu sou um ferreiro, e nada de bom pode resultar disso. E lhe disse que devíamos voltar a trocar olhares ansiosos na praça e nunca mais tocar nesse assunto. Mas a verdade é que nesta manhã não tenho mais vontade de continuar com esse discurso."

"Oh, que bom", ela disse, aliviada. "Porque eu não estou com vontade de ouvi-lo."

"Nós dois estamos sóbrios. Faz um belo dia de sol. Você é uma mulher adulta e inteligente. Eu acredito que compreende a situação. E também acredito que você sabe o que quer."

Ela sentiu o coração inflar. Que presente lindo e encantador. Ninguém nunca tinha feito o mesmo.

Ele colocou a mão sobre a dela.

"Nós dois temos algo. Eu acho que ainda não sabemos dizer o que é, muito menos decidir o que fazer para conservar isso.

Mas, se você quiser, nós podemos passar mais tempo juntos para tentar entender tudo."

"Eu gostaria disso. Muito."

Nossa. Estava acertado, então. Ela tinha um pretendente de verdade pela primeira vez na vida – e ele era um ferreiro. Se sua mãe soubesse disso, ela teria uma apoplexia.

"Mas acredito que nós devamos ser discretos", ela acrescentou. "Pelo menos por enquanto."

Algo passou pelos olhos dele, e Diana ficou preocupada de tê-lo ofendido. Ela não sentia vergonha, claro que não. Só precisava ser cuidadosa.

Ela tocou o frasco de tintura pendurado em seu pescoço. Velhos hábitos são difíceis de largar.

Ele esticou as mãos para soltar as rédeas da grade.

"É melhor eu levá-la para a pensão. Eu prometi à sua mãe que você não ficaria com sardas." Ele deu uma piscada irônica. "Ouvi dizer que posso ganhar uma moeda."

"Espere!", ela disse.

Antes que Aaron colocasse os animais em movimento, Diana ficou em pé na boleia, virou-se e baixou a capota retrátil para que o sol os banhasse.

"Pronto." Ela tirou a capa e se ajeitou no assento, passando o braço pelo dele. "Agora nós podemos ir."

Capítulo Quatro

"Eu distribuí todos os papéis", disse Charlotte ao entregar as cópias manuscritas da peça às mulheres reunidas na Queen's Ruby. "Vamos ler a peça toda de uma vez esta manhã."

"Deus sabe que não há mais nada para fazer", lamentou a Srta. Price olhando pela janela para mais um dia chuvoso.

Diana olhou para sua cópia com ÚRSULA escrito no alto.

"Sério, eu achei que isso não tinha sido decidido. Por que eu vou interpretar a Úrsula?"

"É o papel mais fácil da peça", Charlotte respondeu. "Eu juro. O resto de nós vai ficar correndo em cena, gritando e implorando pela vida, enquanto você vai ficar simplesmente parada lá, parecendo pura."

Diana ergueu a sobrancelha. Pura? As outras continuariam pensando que ela era a pessoa ideal para o papel se soubessem que no dia anterior ela estava no cabriolé do vigário aos beijos com o Sr. Dawes?

Não, ela não estava aos beijos com o Sr. Dawes. Estava com *Aaron*.

Aaron, Aaron, Aaron.

"*Diana*."

Ela estremeceu.

"Desculpe. O que foi?"

"Sua fala."

Ela passou os olhos pela primeira página e encontrou sua fala, que leu em voz alta e serena.

"Oh, ai de mim. Meu pai prometeu-me ao filho de um rei pagão. Prefiro morrer a ser desvirtuada."

"Fale mais alto, Diana", a mãe ralhou, do outro lado da sala. "Assim ninguém consegue ouvi-la. Imagine que Lorde Drewe esteja esperando fora do palco pela deixa dele."

"E ponha emoção na fala", acrescentou Charlotte. Ela levantou e apertou a mão contra o coração, levando a outra à testa. "Oh! Ai de *mim*. Eu prefiro *morrer!*"

Diana suspirou.

"Eu acho que não tenho o talento dramático para isso."

"É claro que tem."

"Bem, talvez eu não me sinta à altura do papel hoje."

"Você está doente?", sua mãe perguntou, brusca.

Diana hesitou. Tinha prometido a si mesma que não se esconderia mais atrás dessa desculpa. Mas ela não queria ficar sentada ali, na pensão, enquanto poderia estar com Aaron.

Beijar Aaron. Tocá-lo. Abraçá-lo... e sentir-se rodeada pelos braços grandes e fortes dele.

Naquele momento, ela não sentia disposição para interpretar a virgem martirizada.

"Eu sabia", a mãe gemeu. "Oh, eu sabia que todo aquele sol ia deixá-la doente. Chega de ensaio para você por hoje. Vá direto para o quarto e descanse. Não vou deixá-la adoecer bem na hora de nossa visita a Ambervale. Você ainda tem aquela infusão preparada por Lady Rycliff?"

"Tenho certeza de que não preciso da infusão, mamãe. Mas acho que não vou ensaiar." Ela se virou para a Srta. Bertram. "Você pode fazer a gentileza de ler minhas falas, hoje?"

Assustada, a Srta. Bertram ergueu as sobrancelhas.

"Oh, eu... eu não sei."

"Eu acho que você daria uma Úrsula maravilhosa. E estaria me fazendo um grande favor."

A garota pegou o livreto da mão de Diana, sorrindo com timidez.

"Bem, o Sr. Evermoore gosta muito da minha voz."

"Tenho certeza de que ele gosta."

Diana tentou acalmar sua consciência ao sair da sala. Ela não tinha mentido. Sua mãe entendera, por engano, que ela estava se sentindo mal. Assim como também tinha entendido, por engano, que Diana seguiria suas instruções e iria para o quarto descansar.

Mas ela não foi.

Em vez disso, Diana pegou sua capa e escapuliu pela porta dos fundos.

Ao se aproximar da ferraria, uma palpitação inebriante cresceu no peito dela. A ausência de cavalos e carroças em frente ao local sugeria que Diana o encontraria a sós. Gotas de suor afloraram na testa dela antes mesmo de entrar na forja fumegante.

Ela entrou e não encontrou Aaron martelando na bigorna, mas debruçado sobre a bancada, fazendo um trabalho delicado em metal.

"Bom dia", ela disse, fazendo as saias balançarem um pouco.

"Bom dia", ele respondeu, olhando rapidamente para ela antes de se voltar para a tarefa. "Desculpe, mas me pegou em um momento difícil. Não posso largar isto, ou vai esfriar sem estar pronto."

"Claro. Quer que eu volte mais tarde?"

"Não, não vá embora." Um vinco se formou na testa dele. "A menos que queira ir."

"Eu gostaria de ficar." Ela se acomodou no banco em que costumava sentar. "Se não for um incômodo."

Ele ergueu os olhos escuros para ela, capturando seu olhar.

"Você nunca vai me incomodar."

A forja não era nada comparada ao calor que aquele olhar enviou pelo corpo dela. Oh, céus. E lá estava ela, sem seu leque.

Ele voltou ao trabalho e Diana ficou quieta e imóvel. Ela adorava observá-lo trabalhando. Aquilo era diferente da exibição de força e suor que admirou no outro dia. Quando Aaron trabalhava com peças delicadas, toda aquela força era colocada em um único foco de concentração.

O resultado era paixão. Ele tinha por suas criações a paixão de um artista. Ela tocou o trevo de quatro folhas de prata que trazia no bolso.

"Pronto."

Aaron colocou a peça de lado e enxugou a testa com a manga da camisa. Ele deixou um borrão preto de fuligem na testa, e ela achou aquilo atraente. Uma marca daquela paixão impressa em sua pele. Aquilo afirmava a virilidade dele de um modo primitivo.

"O que você está fazendo?", ela perguntou.

Ele lhe mostrou uma pulseira de prata, formada por dois ramos entrelaçados.

"É uma encomenda especial de um joalheiro em Hastings."

"Você está vendendo seu trabalho em Hastings?"

Ele aquiesceu.

"Em Rye e Eastbourne também. Espero chegar a Brighton em breve."

"E Londres futuramente?"

"Talvez." Ele deu de ombros. "Mas eu sou um só. Existe um limite para o que eu consigo fazer sozinho."

"Você já pensou em contratar um aprendiz?"

"Não é no trabalho com a forja que preciso de ajuda, mas em todo o resto. Fosbury disse que eu preciso mesmo é de uma mu..."

Ele não terminou a palavra, mas Diana a completou em sua cabeça.

O que eu preciso mesmo é de uma mulher.

Fazia sentido. Casamento era uma parceria, independentemente da classe social. Na aristocracia, a contribuição de uma mulher era o dote ou os contatos valiosos. Como artífice, ele precisaria de uma mulher com habilidades práticas para ajudá-lo a cuidar da casa e do negócio.

Habilidades que mulheres como Diana não tinham.

Eles trocaram olhares constrangidos enquanto pareciam pensar na mesma coisa. O que os dois estavam fazendo? Aaron não era o tipo de pretendente que a mãe dela aceitaria, e Diana não podia ser a esposa habilidosa de que ele precisava. Se o casamento era impossível, os dois estavam apenas flertando com escândalo e mágoas.

Mesmo assim, ela não conseguiu ir embora.

Nós temos algo, Aaron dissera ontem, e ele tinha razão. Diana ainda não estava pronta para desistir disso.

Ele voltou ao trabalho, atiçando o fogo e bombeando o fole que alimentava a forja.

"Por mais que eu quisesse tirar o dia de folga para ficar com você, eu tenho que terminar esta peça. Prometi entregá-la amanhã."

"Eu entendo. Posso ajudar de algum modo?", ela ofereceu.

"É muita gentileza da sua parte, mas não vou deixar você carregar madeira e água."

"Por que não? Eu ajudei com isso na noite em que Finn se machucou."

"Sim, mas aquilo foi uma emergência. Se eu não estivesse tão preocupado, nunca teria permitido."

"Se você tivesse tentando me mandar embora, eu não teria obedecido." Ela era tenaz. Tinha que haver *alguma coisa* que pudesse fazer. "Você já almoçou?"

Ele negou com a cabeça.

"Então é isso o que vou fazer. Enquanto termina essa peça, eu vou preparar uma refeição. Então vamos nos sentar para comer e teremos tempo para conversar. E assim não vou sentir que estou distraindo você de seu trabalho."

Ele pareceu não se convencer.

"Aaron, por favor. Deixe-me fazer isso. Você disse acreditar que eu sei o que quero."

"E acredito." Ele bufou e limpou as mãos em um pano. "Muito bem, então."

Ele se virou para a fornalha e pegou brasas incandescentes com uma pá, que então estendeu para ela.

Diana se prontificou a pegá-la, embora não soubesse muito bem o que fazer com aquilo.

"Para o fogo", ele explicou.

"Sim, é claro." Era óbvio. Como alguém poderia cozinhar sem fogo?

"Um dos pescadores me trouxe algo bom esta manhã, e também tenho manteiga e creme frescos. Batatas e cebolas na lata. Dê uma olhada nos armários. Tenho certeza de que você vai achar tudo que precisa."

"Eu preciso de um beijo. Vou encontrar um nos armários?"

"Isso eu tenho bem aqui." Ele inclinou a cabeça e lhe deu um beijo breve, mas empolgante.

Ela pegou a pá de carvão incandescente.

"Eu vou ficar bem, você vai ver. Agora, volte ao trabalho."

Ela se virou e caminhou na direção da porta dos fundos da ferraria. Um quintal pequeno separava a oficina da casa dele.

"Diana?"

O som de seu nome de batismo sendo pronunciado naquele timbre de voz grave e intimidante fez um arrepio percorrer o corpo dela. Diana quase derrubou as brasas.

"Sim?"

"Você me chama, se precisar de alguma coisa?"

"Ah, é claro que sim", Diana lhe garantiu. "Não fique tão preocupado. Não é como se eu nunca tivesse feito isso."

Diana nunca tinha feito aquilo.

Nada daquilo.

Não tinha acendido fogo, limpado um peixe... e, com toda certeza, nunca tinha preparado uma refeição. Mas ela iria fazer tudo aquilo, e iria fazer *bem*.

Diana entrou na cozinha da casa. Era um cômodo com poucos móveis, mas limpo e em ordem. Entretanto, não dava para negar que precisava de um toque feminino – as cortinas nas janelas da cozinha estavam recém-lavadas, mas desbotadas.

Ela deduziu que o peixe jazia em uma bacia coberta sobre a mesa. Por baixo da tampa, a ameaça de um peixe escamoso e enlameado, do qual Diana precisaria tirar a cabeça, as vísceras e as escamas. Cortar em filé e...

Ela engoliu em seco.

Essa parte podia esperar. Primeiro ela iria descascar os vegetais.

O *fogo*, ela se deu conta, de repente. Nossa! Ela não poderia cozinhar nada sem fogo.

Por hábito, ela nunca se aventurou muito perto de uma lareira ou um fogão – não só porque sua mãe sempre insistiu que damas não sujavam as mãos com tarefas do tipo, mas também porque Diana sempre receou que fumaça ou cinzas poderiam provocar uma crise de asma.

Essas preocupações eram passado. Ela enfrentava um desafio diferente neste dia.

Com cuidado, Diana carregou a pá de brasas até a lareira da cozinha. Uma caixa ao lado continha palha e musgo seco. Agachando-se, ela amontoou um pouco do material seco na grelha e então depositou algumas brasas sobre a pilha.

Uma coluna de fumaça se ergueu...

E logo se desfez, levando junto a alegria de Diana.

O que estava fazendo de errado? Ela pensou em Aaron alimentando o fogo na forja, mexendo e virando o carvão... bombeando o fole.

O fole. Era isso! O fogo precisa de ar.

Ela despejou mais algumas brasas sobre a palha, então se abaixou, quase encostando a barriga no chão, fez um bico e soprou. Algumas fagulhas voaram. Animada, ela inspirou devagar, e depois soprou de novo, tomando cuidado para não forçar demais os pulmões. Dessa vez, as fagulhas cresceram e alcançaram a palha, resultando em algumas chamas.

Diana se pôs de joelhos e comemorou – em silêncio – enquanto tirava o pó das mãos e das saias. Um pequeno triunfo, talvez, mas um começo promissor.

Contudo, sua sensação de vitória ruiu rapidamente quando a palha começou a apagar e percebeu que não tinha lenha para manter o fogo aceso. Ela olhou ao redor. Nada, em nenhum dos lados da lareira. Então lembrou-se da pilha de lenha bem guardada do lado de fora da ferraria, sob o beiral do telhado.

Depois de outro sopro suave e cuidadoso para alimentar as pequenas chamas, ela levantou e correu para fora, pegou uma braçada de lenha na pilha e voltou correndo, rezando o tempo todo para o fogo não cessar em sua ausência.

Ela ajoelhou diante da lareira – sem se preocupar com as saias dessa vez – e colocou o pedaço de lenha mais fino sobre a palha em chamas.

As chamas foram sufocadas no mesmo instante, morrendo com um fio de fumaça branca.

"Não!", ela exclamou. "Não, não, não..."

E se deitou no chão e soprou com vigor, tentando reavivar a chama.

Ela não podia ir até o Aaron para pedir mais brasas. Ele saberia que ela tinha fracassado antes mesmo de começar, e que não conseguia executar nem as tarefas mais básicas de uma casa. Que utilidade Diana teria para ele? Não era como se eles tivessem falado de casamento, mas ela não estava preparada para eliminar essa possibilidade.

"Por favor", ela implorou. "Por favor, não apague."

E como se algum deus do fogo tivesse escutado sua súplica, uma chama pequena escapou por uma fenda da madeira. O fogo começou a morder a lenha, derrubando bocados de cinza.

Obrigada, Senhor!

Ela alimentou o fogo com cuidado, sem ousar se afastar um passo da lareira até conseguir chamas altas e respeitáveis.

Quando sentiu que era seguro se levantar, ela lançou um olhar preocupado para a bacia sobre a mesa. Diana ainda não estava pronta para aquele peixe.

Então ela encontrou uma faca e começou a descascar os vegetais, que colocou em uma panela com água e sal. Ela conseguiu descascar três batatas, duas cenouras e uma cebola com apenas *um* corte no dedo. Enrolou o ferimento com uma tira de tecido que rasgou de seu lenço. A cebola era uma boa justificativa para suas lágrimas tolas.

Depois de pendurar a panela em um gancho, que prendeu em um suporte sobre o fogo para poder cozinhar, ela não podia mais adiar o inevitável.

Estava na hora de tirar as tripas do peixe.

Ela foi até a mesa e tirou a tampa da bacia.

"Ah!" Com um gritinho abafado, ela soltou a tampa, que caiu com estrépito.

Oh, Senhor. Oh, Senhor.

Diversos momentos se passaram antes que ela pudesse levantar a tampa de novo e espiar dentro da bacia. Esperava ver algo diferente dessa vez, mas não.

Lá estava.

Não era um peixe.

Era uma enguia.

Que ainda estava *viva*. E também agitada, brava, movendo sua figura escorregadia e verde escura na bacia de água escurecida.

Estremecendo, Diana cobriu a bacia outra vez. Então puxou uma cadeira, decidindo sentar e pensar um pouco sobre o quanto ela queria, de verdade, aquilo.

Fechou os olhos e pensou no beijo de Aaron. A força de seus braços ao redor dela. O calor de seu corpo e a maestria terna de sua língua provocando a dela. Diana lembrou-se da lição de condução no cabriolé. Da alegria de correr por uma trilha no campo, o mais rápido que a lama da primavera permitia, com a capota do cabriolé recolhida.

Então lembrou-se da enguia naquela bacia, com seu contorcionismo escorregadio, querendo viver.

Ela não iria conseguir, iria?

Diana abriu os olhos e se preparou. Ela chegou à conclusão de que, em alguns dias, liberdade significava vento nos cabelos, sol no rosto e lábios inchados por beijos proibidos.

Em outros dias, liberdade implicava em matar uma enguia.

Ela encontrou o maior cutelo da cozinha e o segurou com a mão direita. Com a esquerda, ela levantou a tampa da bacia.

"Eu não tenho nada contra você", disse para a enguia. "Tenho certeza de que você é uma ótima criatura. Mas Aaron e eu temos algo. E eu não vou deixar nada ficar... ou se contorcer... no nosso caminho."

E quando ela esticou a mão para pegar aquela coisa...

Ela *pulou*.

Ela pulou para fora da bacia e – para o horror e desespero de Diana – caiu bem no peito dela.

Capítulo Cinco

Depois que Diana desapareceu dentro da casa, Aaron rapidamente foi absorvido pelo trabalho. Ele precisava caprichar naquela peça. Se o joalheiro ficasse satisfeito, isso significaria uma bela quantia no bolso dele – e mais encomendas no futuro.

Aaron fazia aquele trabalho mais refinado por gosto; o lucro sempre tinha sido secundário. Ele vivia com simplicidade e a ferraria lhe fornecia uma renda mais do que suficiente para atender às suas necessidades. Mas agora começava a pensar no futuro.

Pensar muito.

Ele nem percebeu quanto tempo se passara até erguer os olhos da pulseira finalizada e ver que já estava entardecendo. Droga. Ele a fez esperar por horas.

Aaron protegeu o fogo, retirou o avental, guardou as ferramentas e trancou a pulseira na caixa de joias. Então tirou alguns minutos para se lavar na bomba de água antes de ir para a casa. Ele não podia entrar todo suado e coberto de fuligem.

Enquanto espalhava a espuma de sabão pelas mãos e pelos braços, sua expectativa aumentava. Aquilo era um sonho que se realizava. Um dia de trabalho honesto na forja, com um bom resultado, e Diana Highwood esperando por ele em casa, com um sorriso caloroso e uma refeição quente.

Ele passou as mãos pelo cabelo molhado para domá-lo, depois entrou na casa pela porta da cozinha.

Aaron encontrou o lugar em ruínas.

A cozinha estava fria. Cada prato, panela e colher que ele possuía tinha sido tirado dos armários, pelo que parecia. Cascas cobriam o chão... O cheiro acre de batatas queimadas dominava o ar...

E Diana estava sentada, soluçando ruidosamente, com a cabeça enterrada nos braços sobre a mesa.

"Meu Deus, o que aconteceu?" Ele correu até ela no mesmo instante e se ajoelhou ao seu lado. "O que foi? Pode me dizer."

"Está arruinado!", ela exclamou.

"O que está arruinado?"

"Tudo. Seu almoço. Minha vida. Nossas chances." Ela soluçou. "A enguia."

"A enguia?" Ele tentava acalmá-la acariciando seu cabelo. "O que aconteceu com a enguia?"

"Ela..." Diana soltou um pequeno soluço. "Ela fugiu." Uma nova erupção de choro abafou o restante da resposta dela.

"Ela fugiu?" Ele se esforçou muito para conter o riso.

"Eu estava com a faca... e ela... ela *pulou*. Eu não sabia que enguias pulavam. Você sabia que elas pulavam?" Diana gesticulou, nervosa, apontando o pescoço e a cabeça. "Ela pulou no meu peito... no meu cabelo... eu não consegui..." Ela soltou um soluço indelicado. "Eu a arranquei de mim. A dama voou pela janela e então fugiu."

Ele olhou pela janela que Diana indicou. A chuva tinha deixado o solo molhado e lamacento o bastante para que a enguia pudesse ter encontrado marcas de rodas inundadas na lama e nadado pela trilha. Ela não conseguiria ir muito longe, mas podia muito bem ter fugido.

"Eu diria, então, que essa enguia fez por merecer sua liberdade." Ele riu de novo.

"E então a água dos vegetais ferveu, transbordou e apagou o fogo. Quando eu... fui alimentar o fogo, uma brasa pulou na minha bochecha. Tenho certeza de que deixou uma marca." Ela enterrou a cabeça nos braços de novo. "Está tudo arruinado. O almoço está arruinado, eu estou arruinada. Sou inútil como a esposa de um trabalhador, e..." – os ombros dela tremeram com mais um soluço – "e agora estou desfigurada, então nenhum cavalheiro vai me querer. Vou morrer solteirona."

Enquanto Diana falava, sua voz foi ficando cada vez esganiçada. Até que sua última palavra saiu como um grasnido.

"Uma solteirona?", ele repetiu. "Por causa de uma refeição que deu errado? Diana, eu não sei o que dizer, a não ser lhe dar os parabéns."

"Parabéns?"

Ele bateu no ombro dela, rindo.

"Eu cresci com uma mãe e duas irmãs, e todas adoravam falar. Mas você acabou de produzir o que é, sem dúvida, o maior encadeamento de pensamento feminino já enunciado. Uma enguia fujona vai fazer de *você* uma solteirona?"

Ela fungou.

Ele sentou-se em uma cadeira ao lado dela e se aproximou para analisar a face da moça.

"Deixe-me ver a queimadura."

Relutante, ela levantou o rosto para que ele examinasse.

"Está muito horrível?"

Que pergunta. Como se ela pudesse – algum dia – ser qualquer coisa menos que linda para ele.

"Isto?" Ele encostou o polegar na pequena marca vermelha de queimadura na curva delicada da maçã do rosto de Diana. "Isto não é nada. Quase não dá para reparar, e vai sumir em pouco tempo. Eu mesmo já me queimei inúmeras vezes."

"E você continua lindo demais. Isso é reconfortante." Ela enxugou os olhos com um lenço esfarrapado. "Você deve me achar ridícula. Eu *sou* ridícula."

"Não, você não é ridícula. Eu compreendo."

"Como? Você também se preocupa em ficar solteirão?"

Ele sorriu.

"Eu sei que nós tivemos criações diferentes. Mas temos mais em comum do que você pensa. Eu também sou o filho mais velho. E quando meu pai morreu, eu fiquei com uma mãe e duas irmãs mais novas para cuidar."

"Quantos anos você tinha quando ele morreu?", ela perguntou.

"Dezessete."

"Que pena. Você era muito jovem para ter que se tornar o homem da família."

"Eu tinha idade suficiente para assumir o lugar dele na forja, ainda bem. Eu me joguei no trabalho porque sabia que era assim que poderia sustentar minha família. Passava tanto tempo na bigorna que, quando ia para cama, martelava ferro nos meus sonhos. Então, um dia, eu estava colocando ferraduras em um cavalo e pus minha mão no lugar errado na hora errada. O cavalo mordeu meu polegar, com força." Ele levantou a mão. "Meu polegar ficou preto e inchado. Eu passei uma semana sem saber se o osso tinha sido esmagado. Depois de perder meu pai, aquele foi o pior período da minha vida. Pensei que não conseguiria mais trabalhar. E que minha família passaria fome..."

"Tudo estaria arruinado."

"Isso mesmo."

"Eu entendo o que você quer dizer", ela aquiesceu. "Tem razão, nós somos parecidos. Não é minha vaidade que está ferida. É só que... eu sempre fui criada para acreditar que minha família dependia de mim. Que nossa segurança dependia dos meus pretendentes. E, para ser bem franca, do meu rosto."

"Pois bem, quando sua mente vai de uma bochecha queimada para a solidão eterna, é até compreensível – mas não razoável. Você precisa entender que não é mais responsável pela sua família. Não desde que sua irmã casou com Lorde Payne."

"Eu sei." Ela enxugou as lágrimas e inspirou fundo. "Não sei por que estou sentada aqui, chorando. Eu só queria que essa refeição desse certo."

Aaron pôs a mão calejada sobre a dela, emocionado com o significado daquelas palavras. Ela queria mais do que um almoço bem-feito. Queria que a relação deles funcionasse, e ele também. Mas não seria fácil.

"Ainda há esperança." Com um aperto carinhoso na mão dela, Aaron levantou. "Vamos limpar isso tudo e fazer algo para comermos."

Eles trabalharam juntos. Enquanto Aaron acendia o fogo, Diana limpou a mesa e varreu o chão – e depois ela saiu por alguns instantes para lavar o rosto e ajeitar o cabelo desgrenhado. Ela tinha *alguma* vaidade.

Quando voltou, Diana encontrou Aaron pegando ovos e queijo na despensa.

"Espero que um omelete baste", ele disse. "Eu não sei cozinhar nada refinado, mas sou um solteiro que se vira bem na cozinha. Depois que minha mãe e minhas irmãs foram embora, era isso ou morrer de fome."

"Um omelete parece maravilhoso." Ela ficou fascinada com o modo como ele conseguia carregar quatro ovos em uma mão, segurando-os separados pelos dedos grandes. "Para onde elas foram? Sua mãe e suas irmãs."

"As minhas irmãs se casaram com marinheiros. Um deles é da Marinha Real, e levou minha irmã para Portsmouth. Mamãe foi com ela para ajudar quando o marido está no mar. A outra mora perto de Hastings. O marido dela trabalha na marinha mercante."

"Você tem sobrinhos?"

"Cinco, por enquanto", ele disse, com orgulho. Aaron quebrou o último ovo e o colocou na tigela. "Se você quiser ajudar, pode cortar algumas lascas desse queijo."

Ela pegou uma tábua e uma faca pequena, então começou a cortar o queijo o mais fino que conseguia. Embora a tarefa fosse simples, Diana quase se cortou com a faca. Os antebraços dele a distraíam tanto na cozinha quanto na forja. Ela estava hipnotizada, observando-o bater os ovos com um garfo de cabo comprido.

Diana notou que ele era habilidoso com as mãos em qualquer situação. Não era difícil imaginar as maravilhas que faria com aquelas mãos no *corpo* dela.

Ela baixou a cabeça e terminou de cortar o queijo.

Aaron pegou uma frigideira que estava pendurada em um gancho e adicionou um pedaço de manteiga antes de a colocar sobre o fogo.

Enquanto ele cozinhava o omelete, Diana fatiou um pão e pôs a mesa para dois. Um capricho momentâneo fez com que ela pegasse dois castiçais de porcelana em uma prateleira alta, limpasse-os e colocasse velas neles.

Aaron sorriu quando viu.

"Ficou bonito. Não uso muito esses castiçais."

Enquanto se sentavam para comer, ela sentiu que finalmente tinha feito algo direito.

"Eu estava pensando..." Ele enfiou o garfo na comida, pegando uma grande porção de omelete. "Você se chama Diana, nome da deusa romana da caça."

"E da virgindade." Ela torceu o lábio.

"Certo." Ele devorou outra porção de ovos. "E sua próxima irmã é Minerva."

"Deusa romana da sabedoria", Diana completou.

"Então, de onde vem 'Charlotte'? Ela não deveria ter o nome de uma deusa, também?"

"Deveria. Esses nomes clássicos eram moda na juventude da minha mãe, e você sabe que ela está sempre preocupada com a última moda." Diana remexeu os ovos com o garfo. "Mamãe pretendia batizar todas as filhas com nomes de divindades. Acho que Charlotte devia ser Vênus. Não, não. Vesta."

Ele engasgou com a comida.

"Os dois seriam crueldade."

"Eu sei, eu sei. O nome do meu pai era Charles e ele queria ter um filho homem para lhe dar seu nome. Mas ficou doente quando minha mãe engravidou pela terceira vez. Acho que mamãe sabia que não haveria um quarto filho. Então foi assim que a Charlotte ganhou seu nome e foi poupada da crueldade de Vesta."

"Tenho certeza que ela preferiria o nome cruel se continuasse com o pai." Ele baixou o garfo. "Eu não deveria brincar com isso."

"Não se sinta mal. Quase tudo que minha mãe faz é passível de ser ridicularizado. Mas às vezes ela tem boas intenções."

Eles terminaram rápido demais a refeição.

"Veja isso", ele disse. "O sol resolveu aparecer. E bem a tempo de se pôr."

"Preciso voltar para a Queen's Ruby. Se eu não estiver lá quando o jantar for servido, elas vão ficar preocupadas." Ele a acompanhou até o lado de fora da casa e os dois ficaram ali, juntos, observando o sol mergulhar no horizonte. Uma bola vermelha de fogo, pintando as nuvens com tons vibrantes de rosa e laranja.

"É lindo", ela disse.

"Meu pai costumava dizer que Cristo podia ser um carpinteiro, mas que Deus só podia ser um ferreiro. Pois todas as noites Ele derrete o sol, e o forja de novo na manhã seguinte."

"Que pensamento bonito." Diana sorriu.

"Não, é tudo bobagem. Pelo menos foi o que constatei depois que ele morreu. Se um homem bom morre sobre sua bigorna aos 42 anos, seu Criador não é muito bondoso. Herdei a forja, mas não a fé." O peito dele subiu e desceu com um suspiro repleto de tristeza. "Mas, de vez em quando, eu vejo algo tão bem-feito, forjado com tanta delicadeza" – ele se virou para ela – "que não posso deixar de pensar que talvez ele estivesse certo." Aaron tocou de leve a face dela antes de continuar. "Apenas a mão divina poderia ter feito algo tão lindo. *Cristo...* você é perfeita."

Ela riu baixinho. Em parte porque achou graça na mistura de admiração reverente e blasfêmia descarada. E em parte porque ficou um pouco envergonhada.

"Eu não sou perfeita", ela disse. "Nem por dentro nem por fora."

"Você é uma cozinheira terrível, eu concordo. E também não sabe beber. E tem um gosto questionável para homens. Então, não, você não é perfeita." A voz dele saiu mais grave, em um sussurro rouco, e seus olhos baixaram para a boca de Diana. "Mas você está perto, *muito* perto, de restaurar minha fé em milagres."

O coração dela palpitou quando Aaron se inclinou para beijá-la.

"Dawes!", o chamado veio do outro lado da forja. "Dawes, você está aí?"

Diana pulou para trás, preocupada que alguém pudesse ter visto os dois juntos. E então se preocupou que Aaron tivesse se ofendido com a retração dela. De novo.

"Está tudo bem", ele murmurou.

Ela não soube qual das suas preocupações ele quis acalmar.

De seu lado, ele não mostrou nenhum constrangimento. Aaron deu a volta na ferraria e cumprimentou o homem. Ela ouviu Aaron falar com o outro.

"Dê a volta com ele, que eu já vou até lá. Só preciso pegar uma coisa em casa, para a Srta. Highwood."

Diana conferiu seus pertences. Luvas, capa e bolsa. Ela estava com tudo o que tinha trazido, mas ainda assim o seguiu.

"O que é que você precisa me dar?"

"Isto."

Ele a enlaçou pela cintura, apertando-a contra a parede e tomando sua boca em um beijo apaixonado. Sem tempo para preliminares, ele conquistou o que queria, sentindo o sabor de Diana com a língua e tocando-a em lugares quase escandalosos. Ela sentiu toda a estrutura do espartilho pressionar seu busto – e essa foi a única coisa que reparou, pois todo seu corpo parecia ter se dissolvido.

"Certo", ela suspirou alguns instantes depois. "Fico feliz que não tenha me deixado ir sem isso."

Ele deu beijinhos indo da boca até a orelha dela. Era uma delícia sentir a barba por fazer dele arranhar sua face.

"Eu vou levar a encomenda até Hastings amanhã", ele murmurou. "Invente algum motivo pelo qual você também precise ir. Compras. Visitar alguém. Qualquer coisa."

"Eu... eu posso fazer isso. Desde que Charlotte venha conosco."

"Ótimo." Depois de um último beijo nos lábios dela, ele se afastou. "Eu irei buscar você na pensão, assim que raiar o dia."

Ele a deixou ali, sem fôlego, apoiada na parede. A cabeça dela girava, e só Deus sabia aonde seus joelhos tinham ido parar.

Ela sorriu para si mesma.

"Eu ficarei esperando."

Capítulo Seis

"Ora, Sr. Dawes", Charlotte disse. "Eu quase não o reconheci. Você está tão elegante esta manhã."

Aaron fez uma expressão de modéstia.

"Ele não está elegante, Diana?"

"O Sr. Dawes está muito bem." Diana sorriu.

"Vou fazer alguns negócios hoje", ele disse, puxando a aba do chapéu. "Estou vestido para isso."

Aaron estava esplêndido, Diana tinha que concordar. Ele usava um casaco marrom-escuro que a fazia pensar em chocolate derretido. Sua gravata recém-engomada dava um contraste delicioso com o cabelo escuro e a pele bronzeada.

O cabelo continuava um pouco comprido, curvando-se no colarinho. Admirá-lo a deixou sonhadora.

Não contavam com o cabriolé do Sr. Keane, mas apenas com a carroça de Aaron. O assento era largo o suficiente para os três, e Diana foi no meio. A manhã estava fria, e ele colocou um cobertor sobre as pernas deles.

Hastings ficava a quase duas horas de distância, e passaram a primeira hora quase que em completo silêncio. Um lado do corpo de Diana – o lado que encostava nele – tinha desenvolvido um modo próprio de falar. Ambos conversavam por intermédio de trocas sutis de calor e pressão, além de toques "acidentais" de braço no braço, joelho no joelho. Cada toque a eletrizava. Ela tinha que controlar os olhares que dava na direção dele, para que Charlotte não desconfiasse.

O prazer secreto daquele flerte era inebriante para Diana. Ainda nem tinham alcançado metade do caminho e aquele já era seu passeio favorito em anos.

"Nossa, como vocês são quietos", Charlotte soltou, afinal. "Nós precisamos conversar sobre *alguma coisa*."

"Estou feliz que a chuva tenha dado uma folga", Diana disse.

"Mas não sobre o tempo!", Charlotte protestou. "Estou exausta de ouvir todo mundo falando do tempo."

"O que vocês vão fazer na cidade?", Aaron perguntou. "Onde eu deixo vocês quando chegar a Hastings?"

"Nós precisamos primeiro passar na loja de tecidos", Charlotte respondeu. "Essa é nossa principal preocupação. Precisamos de metros e metros de tecido branco para o figurino da Diana e não havia o suficiente na *Tem de Tudo*."

"A Srta. Highwood vai usar um figurino?"

Diana tinha se esquecido de que não contara para ele sobre a peça de teatro. Sempre que os dois estavam a sós, havia coisas demais para conversar. E beijos demais para dar.

"Sim, é por isso que vamos a Ambervale na quinta-feira", Charlotte explicou. "Vamos apresentar uma peça de teatro. Uma representação da vida e da morte de Santa Úrsula. Eu vou interpretar Córdula e Diana vai fazer o papel principal."

"Oh, é mesmo?" Aaron deu um olhar divertido para ela. "Isso eu gostaria de ver."

"Você deveria ir", Charlotte disse, entusiasmada. "Todo mundo vai. O Capitão Thorne estará lá, claro. E ontem eu recebi uma carta de Minerva. Ela e Lorde Payne virão de Londres para o evento."

"Eu gostaria de vê-los. O que acha, Srta. Highwood?", ele perguntou. "Eu seria bem-vindo?"

"Acho que sim. Desde que prometa não rir."

Quando chegaram a Hastings, Aaron deixou as donzelas na loja de tecidos antes de levar a carroça ao estábulo e ir cuidar dos seus negócios. Diana e Charlotte passaram a hora seguinte debatendo sobre cetim ou crepe, depois comprando grandes quantidades de fitas e tranças douradas para fazer adereços para cada uma das onze criadas de Úrsula.

"Quando for interpretar o Príncipe Meriadoc, você acha que Lorde Drewe usará uma braguilha?", Charlotte sussurrou.

"Que pergunta! Eu não quero reparar nisso, se ele usar."

"Bem, ele vai reparar em você." Charlotte jogou brocado branco sobre os ombros de Diana. "Você vai estar deslumbrante!"

Pouco à vontade com aquela conversa, Diana tirou o tecido dos ombros e o dobrou. Ela andou até os expositores.

"Eu preciso encontrar um novo binóculo de teatro para a mamãe. O dela desapareceu."

Charlotte estalou a língua.

"Estou lhe dizendo, algo de muito estranho está acontecendo na pensão. Acho que tem uma ladra na Queen's Ruby."

"Eu acho que você gosta de acreditar nisso."

"Estou de olho na Srta. Bertram. Ela é uma estranha no ninho."

"Bem, o Sr. Evermoore deve gostar de estranhas no ninho." Charlotte riu.

"Por falar em pássaros, vou dar uma olhada nas plumas."

A irmã se afastou e Diana se concentrou no expositor de binóculos. Não havia nenhum com estilo semelhante ao que a mãe tinha perdido, então só lhe restava escolher o que achasse melhor. Diana estava para pedir à vendedora para lhe mostrar dois, para que pudesse compará-los, quando um homem vestindo roupa cor de chocolate se aproximou e a interrompeu com a voz grave.

"Com licença, senhorita."

O coração dela perdeu uma batida.

Aaron.

Ela se virou para ele, aproveitando a deixa para fingir que os dois não se conheciam.

"Pois não, senhor?"

"Posso lhe pedir sua opinião feminina?"

Ela o olhou de alto a baixo.

"Eu ficaria feliz de poder lhe ajudar."

Ele se afastou para o lado, sinalizando para que ela o seguisse. Aaron parou diante de um expositor repleto de bolsas enfeitadas, luvas rendadas e leques de marfim.

"Eu gostaria de comprar um presente para a minha namorada", ele disse. "Mas não sei muito bem do que ela gostaria. Pensei que a senhorita pudesse fazer a gentileza de me ajudar a escolher."

Um sorriso involuntário moveu os lábios dela. Ele não precisava lhe comprar nada, mas ela não podia negar que essa ideia a alegrou tanto que lhe deu vertigens.

Até Charlotte aparecer entre eles.

"Sr. Dawes, você tem uma namorada?! Quem é?!"

Aaron viu que as faces de Diana empalideceram. Ela lhe deu um olhar de puro pânico.

"Conte, conte." A Srta. Charlotte dava pulinhos. "Quem é sua namorada, Sr. Dawes?"

"Eu..."

Aaron não sabia o que dizer. Ele não queria mentir, mas era evidente que Diana não tinha contado nada para a irmã sobre os dois. Isso lhe pareceu um pouco estranho – quando o assunto era romance, as irmãs dele contavam tudo uma para outra. Mas a idade delas era mais próxima do que a Highwood mais velha e sua irmã caçula. E, mais importante, elas nunca foram cortejadas por jovens de diferentes classes sociais.

"Charlotte, não o importune assim", Diana a repreendeu. "Terminou seus negócios, Sr. Dawes?" Era evidente que ela estava ansiosa para mudar de assunto.

"Sim, obrigado. E suas compras?"

"Estamos quase terminando." Ela chamou a vendedora e pediu que a moça embrulhasse um dos binóculos.

"Nós temos algum tempo antes de precisarmos voltar", Aaron disse. "Eu pensei que talvez nós três pudéssemos almoçar no..."

"Mas você ainda não comprou o presente da sua namorada", disse Charlotte.

Deus, a garota era igual a um buldogue com um osso.

"Por favor, conte-nos quem é e nós o ajudaremos a escolher. É a Sally? Pauline? Oh! Eu sei... Gertrude, a criada de Summerfield!"

"Nenhuma delas", Aaron meneou a cabeça.

Charlotte estalou os dedos.

"Uma das garotas Willett. Ou a filha do moleiro, da paróquia vizinha? Qual o nome dela... Betsy?"

Ele sacudiu a cabeça.

"Nós a conhecemos?", ela perguntou.

"Eu... eu tenho certeza de que conhecem."

Diana pegou a compra com a vendedora e bateu na irmã com ela.

"Charlotte, pare. Você está constrangendo o Sr. Dawes."

Aaron podia apostar que Diana também se sentia constrangida.

"Nós gostaríamos de almoçar", Diana continuou. "Muito obrigada pela sugestão, Sr. Dawes."

Durante a refeição, ele ficou em silêncio enquanto comiam torta de pombo. Aaron não sabia o que pensar da relutância dela em contar a verdade. Era óbvio que não estava pronta para contar para ninguém. Aaron pensou que era compreensível; ainda era cedo. Mas *algum dia* ela estaria pronta? Essa era a verdadeira questão.

Aaron tocou inconscientemente o pacotinho guardado no fundo do bolso do peito – a pequena quantidade de ouro e pedraria que recebera como pagamento do joalheiro. Ele pediu para receber em materiais, em vez de dinheiro, pensando que poderia fazer algo especial com aquilo.

Algo como um anel.

Mas começou a se sentir um tolo. Se Diana não se sentia à vontade para contar à própria irmã sobre os dois, Aaron estava muito adiantado em seus sentimentos.

Ele levantou sua caneca de cerveja e olhou para Diana por cima dela. Como fazia com frequência, ela mexia na corrente que estava sempre em seu pescoço, com o frasco de tintura pendurado.

Só que...

Ele piscou e olhou com mais atenção.

Hoje ela não usava a corrente com o frasco. No lugar dele, Aaron viu o pingente. O trevo de quatro folhas que fez pensando nela. Que ela escondeu em bolsos e sob o travesseiro durante meses. Até hoje.

Isso não era uma confissão pública, mas era algo.

Ele terminou a cerveja e colocou a caneca sobre a mesa.

"Se vocês não se importam", ele anunciou, "eu tenho algo para fazer em nosso caminho de volta a Spindle Cove. Alguém que eu prometi visitar hoje."

Charlotte se aprumou na cadeira, interessada.

"É a sua namorada?" E completou: "Ai!"

Aaron teve certeza de que Diana havia chutado a irmã sob da mesa.

"Não, Srta. Charlotte, não é minha namorada. É minha irmã."

Capítulo Sete

"Aaron Jacob Dawes, o que você estava pensando?" Jemma o perseguiu pela cozinha, enquanto batia nele com um pano molhado e o repreendia com gritos sussurrados. "Vou arrancar sua pele! Como você traz duas damas para minha casa sem me avisar?"

"Não fique brava!" Ele ergueu as mãos, pedindo paz. "São boas moças."

A irmã espiou pela abertura da porta a pequena sala de estar, onde Diana e Charlotte estavam sentadas com os três filhos pequenos de Jemma e uma bandeja de chá e biscoitos.

"Você tem sorte que assei os biscoitos pela manhã. É só o que eu posso lhe dizer." Jemma lançou-lhe o olhar furioso de canto de olho que todas as mulheres Dawes costumavam usar.

"Você sabe por que eu estou aqui." Ele pegou a tesoura numa gaveta e entregou para a irmã. "Vamos lá fora acabar logo com isso."

Aaron tirou o casaco e a gravata, depois sentou-se em um toco no jardim dos fundos. O ar cheirava a umidade e a plantas. Alguns prematuros narcisos silvestres brotavam no solo.

Jemma começou a aparar o cabelo do irmão. Os muitos minutos de silêncio só eram quebrados pelo barulho da tesoura. Jemma era uma mulher teimosa – sempre foi –, mas também insaciavelmente curiosa. Aaron sentiu que dentro da irmã havia uma batalha silenciosa entre a vontade de saber e a relutância em perguntar. Mas o ferreiro sabia qual lado venceria, se ele ficasse calado por tempo suficiente.

"Então...", ela disse, afinal.

Ele sorriu enquanto olhava para o amontoado de cogumelos junto ao seu pé.

"Então...", ele repetiu.

"O que está acontecendo entre você e a Srta. Toda-Poderosa?"

"Ela não é toda-poderosa."

"Não, não é. Até que é simpática, acredito. E linda como só ela. Só não sei o que essa moça está fazendo com você."

"Aproveitando uma carona até Hastings. É só o que ela está fazendo."

"Aaron, você não espera que eu acredite nisso, não é? Você a trouxe *aqui*. Eu estou cortando seu *cabelo*."

A violência com que manuseava a tesoura começou a assustá-lo. Aaron receou que pudesse perder uma parte da orelha.

"Pare de cacarejar como uma galinha preocupada com seus pintinhos", ele disse. "Eu sou um homem adulto. Tenho direito à minha privacidade."

Ela bufou.

"Depois de tanta dor de cabeça que você deu ao meu Dennis, acho que tenho direito de querer saber." A voz dela se suavizou quando colocou a tesoura de lado e passou os dedos pelo cabelo aparado do irmão. "Eu só não quero que você se magoe."

Ele levantou, virou e olhou para baixo, encarando a irmã como quem dizia, *você tem medo de que tudo isso aqui se magoe?*

Ela bateu a mão nos ombros dele, para tirar fios de cabelo cortado.

"Eu sei, você é grande. E forte. Mas grande e forte não o tornam invencível. Eu lembro muito bem do que aconteceu com aquela professora."

Ele suspirou, irritado.

"Isso aconteceu séculos atrás. E a Srta. Highwood não é assim."

Anos atrás, Aaron tinha se encantado com uma professora da vila ao lado. Ele a cortejou durante algum tempo; e fez planos. Só para saber que ela nunca esteve interessada em um futuro ao seu lado. Ela só queria provocar ciúmes em um certo bancário – e largou

Aaron como uma batata quente quando seu estratagema funcionou. A professora se casou com o bancário. Os dois moravam em Lewes, em uma casa com vidros nas janelas.

"Eu conheço a Srta. Highwood há quase dois anos, Jemma. Ela é uma boa pessoa."

"Hum-hum. Boa mesmo. Boa demais para você. Essa é uma mulher que pode se casar com um homem rico. Ter uma mansão, belas carruagens e dezenas de criados."

"Você não está ajudando", ele resmungou.

"Estou, sim. Da melhor forma que eu sei." Os olhos castanhos dela travaram nos dele. "Esqueça disso, Aaron."

Ele pensou no pingente que estava pendurado no pescoço de Diana. Nas lágrimas que derramou na mesa de sua cozinha porque tinha deixado o almoço escapar. Na doçura de seu beijo.

"Não posso. Nós temos algo."

Jemma exalou com impaciência.

"Bem, seja o que esse 'algo' for... espero que esteja preparado para lutar por isso."

Eu estou, ele pensou consigo mesmo.

Ela cruzou os braços e espiou dentro da casa outra vez.

"Mas vou lhe dizer uma coisa, ela está lá dentro brincando com o Billy há quase vinte minutos. Ninguém aguenta brincar com esse menino a menos que seja parente dele ou que espere ser."

A aprovação da irmã, ainda que de má vontade, fez Aaron sorrir. Era isso que ele tinha ido procurar ali, afinal.

"Billy é um bom garoto. E tem uma boa mãe." Ele passou a mão com carinho no alto da cabeça da irmã, como fazia quando ela era uma garotinha. "Vou pegar lenha para você antes de ir embora."

Uma hora depois, Diana agradeceu à sua gentil – ainda que visivelmente desconfiada – anfitriã pelos biscoitos com chá e manifestou a vontade de andar pelo jardim.

Ela rodeou a casa e evitou por pouco uma trombada...

Com Aaron.

Ele estava com o cabelo mais curto. E com três crianças penduradas – uma sobrinha risonha grudada em cada perna e Billy agarrado em seu pescoço. Era óbvio que os tinha surpreendido no meio de alguma brincadeira que eles gostavam muito.

Aaron congelou, com uma expressão de surpresa no rosto.

"Você..." Diana pigarreou e disse em voz grave e solene: "Sr. Dawes, você tem uma coisinha..." Ela apontou no próprio corpo, indicando a posição de Billy no pescoço. "Bem aqui."

"Oh. Tenho mesmo?"

Ela aquiesceu.

"Hum." Ele chacoalhou o corpo todo, como se fosse um cachorro saindo de um lago. As três crianças se seguraram com firmeza e riram.

"Saiu?", ele perguntou.

"Receio que não."

Ele se chacoalhou de novo e as três crianças riram mais alto.

"E agora, saiu?"

"Continua aí."

"Muito bem, então." Ele franziu o rosto, exagerando sua preocupação. "Talvez eu precise de um bom banho no riacho."

Com isso as crianças guincharam e o soltaram, e então saíram correndo e gritando.

Diana começou a rir.

Ele endireitou o corpo e ajeitou a roupa.

"Desculpe por estar demorando tanto."

"Imagine. Por favor, não precisa se desculpar."

"O marido de Jemma fica meses no mar. Tento vir de vez em quando para cortar a lenha, arrumar as goteiras e as portas empenadas..."

"E para correr com as crianças pelo jardim", ela concluiu para ele.

"Isso também." Ele deu um sorriso preguiçoso e devastador.

Diana jurou ter sentido borboletas baterem asas em seu estômago. Que excelente marido e pai ele seria. Protetor, afetuoso e dedicado.

E ali, tão longe de Spindle Cove e sua mãe ambiciosa, praticamente qualquer coisa parecia possível.

Mas então ele olhou para o céu.

"É melhor nós irmos para casa."

No caminho para Spindle Cove, Charlotte se declarou exausta e arrumou uma cama para si na parte de trás da carroça.

Diana continuou na boleia ao lado de Aaron. Eles conversaram sobre várias coisas durante a primeira hora, enquanto o sol baixava no céu.

Finalmente, Diana arriscou um rápido olhar por cima do ombro para a carroça.

"Eu acho que ela dormiu."

"Graças a Deus." Aaron transferiu as rédeas para uma mão, então usou o braço livre para puxá-la para perto. Ele puxou a cabeça dela para seu ombro. "Você também pode descansar, se quiser."

"E desperdiçar estes momentos preciosos com você? Nunca." Ela olhou para ele. "Eu gostei muito da sua irmã."

"Ela também gostou de você."

"Não gostou, não." Diana riu. "Ela foi gentil e hospitaleira, mas estava muito desconfiada."

Ele tentou negar com a cabeça.

"Estava desconfiada, sim", Diana insistiu. "Ela estava desconfiada de mim por gostar de você. E foi por isso que eu gostei dela." Diana levantou a mão e tocou o cabelo recém-cortado dele. "Fico feliz que você tenha alguém que se preocupe com sua felicidade."

A mão dele subiu e desceu pelo braço dela.

"Espero que você não tenha se ofendido por eu não contar a verdade para minha própria irmã."

A mão dele parou.

"Não, eu entendo", ele disse.

"Mesmo? Talvez você possa me explicar, então."

Ela sentiu que ele dava de ombros.

"Não há razão para arrumar confusão com a sua família até você ter certeza sobre isso."

"Acho que você tem razão."

"Não tem pressa", ele disse. "Nós ainda estamos nos conhecendo."

Estavam mesmo? Diana se sentia tão confusa. Aquilo era mais que um namorico casual. Ela começava a gostar de verdade dele. Na verdade, ela tinha começado a gostar de Aaron algum tempo atrás, mas cada hora que passavam juntos fortalecia a atração.

Ele não era apenas dono de um corpo bonito, um rosto atraente e lábios muito bons para beijar. Aaron era um homem bom, e merecia estar com alguém que pudesse amá-lo sem reservas. Ele estava lhe oferecendo paciência, mas ela sabia que precisava assumir uma posição. Diana devia isso a ele, aceitá-lo como era ou deixá-lo livre para procurar outra pessoa.

Pareceu que ele escutou seus pensamentos.

Aaron olhou para ela.

"Minha opinião sobre você não vai ser pior."

"A *minha* opinião sobre *mim* vai ser pior."

Ele se afastou dela e sua voz ficou séria.

"Não faça isso para provar algo para si mesma, Diana. Nem para mim nem para sua mãe ou para qualquer pessoa. Não existe vergonha na honestidade. E não existe nada de romântico em ignorar a realidade. Nós dois podemos citar várias razões para pararmos com isso."

"Você quer dizer realidades como... você precisa de uma mulher que saiba cozinhar?"

"Ou que você precisa de um marido que seja aceito na sociedade."

"Talvez sua irmã nunca me aceite", ela disse.

Ele aquiesceu e acrescentou, em um tom muito sério:

"Sua mãe pode ter uma síncope."

Ela riu, e então descansou a cabeça no ombro dele.

"Na verdade, o problema é Charlotte. O efeito que isso terá em Charlotte é minha maior preocupação."

"E não é algo que possa ser ignorado. Se o futuro da minha irmã estivesse em risco, eu também pensaria muito no assunto."

Quando eles alcançaram o alto de outra das colinas de Sussex, Diana se perguntou se já tinha conhecido outro homem que a fizesse se sentir tão à vontade. E teve a sensação horrível e devastadora de que com tanta honestidade os dois tinham acabado de desistir de um futuro juntos.

"Aaron, eu sei que não é realista dizer que as diferenças não importam. Que 'o amor pode tudo'. Mas se você..."

Ele levantou a mão, pedindo silêncio.

Oh, droga. Ela tinha usado a palavra *amor*. E assim violou a regra básica das sutilezas femininas – que era como sua mãe as chamava. Ela tinha falado *aquela palavra* em voz alta, e ele ainda não estava pronto para ouvi-la.

E agora tudo estava realmente acabado.

Capítulo Oito

Aaron nunca ficou tão relutante por interromper uma mulher, mas nesse caso ele não teve escolha.

O ferreiro diminuiu a marcha dos cavalos para um trote.

"Tem alguém mais à frente, na estrada", ele explicou. "Fique calma e deixe que eu falo."

Ao lado da estrada, uma charrete parecia ter perdido a roda. O condutor estava parado no meio da trilha. Ele vestia um casaco remendado e acenava o chapéu pedindo ajuda.

"Ele precisa de ajuda?", Diana sussurrou.

"Ele pode estar precisando de ajuda." *Ou pode estar querendo confusão.*

Aaron parou a uma boa distância da charrete. Ele esticou a mão até debaixo do assento e pegou a pistola que guardava ali. Tinha carregado a arma antes de saírem de Hastings e agora estava satisfeito por ter tomado essa decisão. O homem parecia honesto à primeira vista, mas ter cautela não fazia mal a ninguém.

O homem do casaco remendado enfiou o chapéu de volta na cabeça e se aproximou da carroça de Aaron.

"Boa tarde, meu senhor. A roda da minha charrete saiu do eixo e não consigo colocá-la no lugar sozinho. Como você pode ver, minha mulher está em um estado delicado."

Ele acenou com a cabeça para a charrete, e atrás dele Aaron pôde ver a silhueta de uma mulher grávida.

"Posso lhe pedir sua assistência, meu senhor?", o homem continuou. "Nós dois juntos podemos colocar a roda de volta em um instante."

Aaron hesitou. O homem tinha um brilho malandro nos olhos e um sorriso seboso. Ele não gostou daquilo.

Mas Diana enfiou o cotovelo em suas costelas.

"Ela está grávida", disse ela. "Logo vai anoitecer. Nós temos que ajudá-los."

Bem, isso decidia a situação. Aaron seria obrigado a ajudar. Ele não podia parecer um monstro insensível na frente da mulher que tinha, há apenas dois minutos, praticamente confessado seu amor por ele.

"Eu vou até aí", ele disse ao homem, e comandou os cavalos, de modo a estacionar a carroça na lateral da trilha.

"Você fica aí", ele disse para Diana em uma voz baixa e firme. Ele colocou a pistola no colo dela e as rédeas em suas mãos. "É provável que eu esteja de volta em dois minutos. Mas se algum imprevisto acontecer, você vai embora. Se eu mandar ir, você vai. Está entendendo? Se houver confusão, eu posso cuidar de mim mesmo. Mas não posso cuidar de mim e proteger você e Charlotte ao mesmo tempo."

"Entendi", ela aquiesceu.

Aaron pulou da carroça e seus pés pousaram na lama com um baque. Ele se arrependia de estar usando seu melhor casaco, que havia vestido bobamente, apenas para impressionar Diana. Quanto mais tarde, maiores eram os perigos de se viajar pela estrada. Qualquer aparência de riqueza poderia colocá-la em perigo.

"Obrigado por sua ajuda", disse o homem, acompanhando Aaron até a charrete danificada. "Isso não vai demorar nada. Um camarada do seu tamanho? Você levanta e eu recoloco a roda."

Aaron se abaixou e examinou rapidamente a parte de baixo da charrete. Embora a roda estivesse fora do eixo, ele não viu nada quebrado ou danificado. Na verdade, a lama seca nos aros da roda sugeria que aquela charrete não se movia há horas.

"É melhor você tirar o casaco", o homem disse. "Minha mulher vai ficar feliz de segurá-lo para você."

É claro que sim. E ficaria feliz também de checar o conteúdo de cada bolso enquanto ele estivesse distraído com o conserto.

Aaron entendeu então o que estava acontecendo. Aquele casal estava sentado ali, na beira da estrada, a tarde toda, tirando a roda da charrete e pedindo ajuda aos viajantes para "consertá-la". Enquanto os viajantes desavisados faziam sua boa ação, a "grávida" os furtava de seus bens.

Pelo menos eles eram meros vigaristas, não bandidos violentos. Aaron poderia se livrar deles com facilidade.

Ele colaborou até certo ponto, levantando a charrete para que o Senhor Casaco Remendado pudesse encaixar a roda de volta no eixo. Como era provável que já tivesse feito umas quatro vezes naquela tarde.

Aaron cumprimentou a Sra. Casaco Remendado com um toque no chapéu – cuja barriga de grávida parecia muito maior do que qualquer uma que ele tivesse visto – e começou a se afastar.

"Boa sorte para vocês dois."

Encontre outro tolo desavisado para enganar.

Maldição, o vagabundo foi atrás dele.

"Por favor, será que você teria um cobertor sobrando para..."

Aaron se deteve e virou para o homem.

"Não dê outro passo."

"Ora, eu não quero nada de..."

Aaron engrossou a voz, tornando-a ameaçadora, e se agigantou sobre o homem.

"Você não vai se aproximar nem mais um passo da minha carroça. Eu o ajudei com sua charrete. Agora, se o senhor tem amor à sua vida, dê a volta e vá embora."

"Aaron?", Diana chamou da carroça. "Está tudo bem?"

Ele ergueu as sobrancelhas para o Senhor Casaco Remendado.

Diga-me você. Vai ser sensato, dar a volta e retornar para sua charrete? Ou a coisa vai ficar feia?

A coisa ficou feia. O homem puxou uma faca.

Aaron deu um pulo para trás, colocando-se fora de alcance.

"Você tem uma bela mulher ali", o homem disse, apontando com a lâmina brilhante da faca. "Eu diria que você deve se esforçar para deixá-la feliz. Deve ter alguma coisa na sua carroça que minha mulher vai gostar."

Sem desviar o olhar, Aaron ergueu a voz.

"Diana, vá embora. Agora."

"Não posso", ela respondeu. "Não vou deixar você aqui."

"*Vá embora! Agora!*"

Depois que vários segundos se passaram sem que Diana obedecesse à sua ordem, um sorriso se espalhou pelo rosto do homem. Ele agitou a faca para um lado e para outro, provocando.

"Eu acho que ela gostou de mim."

Aaron deferiu um soco por instinto, querendo arrancar aquele sorriso do rosto do vagabundo e enfiar o nariz dele no cascalho. O soco acertou o alvo – mas a lâmina do Casaco Remendado também, penetrando na lã da manga do casaco de Aaron.

Eles se afastaram um do outro, preparando-se para novo embate.

Em certo momento, Aaron percebeu ter sido cortado. Mas sua cabeça guardou a dor para mais tarde. Ele podia aguentar coisa muito pior – e aguentaria. Ele era o equivalente humano de um carvalho. Se aquele canalha pretendia derrubá-lo com uma faquinha daquelas, teria que passar a noite toda cortando Aaron.

"Diana", ele disse, os olhos fixos na lâmina brilhante. "Pela última vez, vá embora."

O Senhor Casaco Remendado começou a rir.

"Veja só, a *minha* mulher sempre me escuta." Ele levantou a voz e chamou a mulher. "Veja o que você encontra na carroça enquanto eu o prendo aqui."

Um som fez com que todos parassem.

O clique de uma pistola sendo engatilhada.

"Eu acho que não." A voz de Diana, mais fria e calma do que Aaron jamais tinha escutado. "Afaste-se dele", ela ordenou ao Casaco Remendado. "Ou eu vou atirar em você."

Aaron estremeceu. Maldição. Por que ela se recusou a ir embora? Aquilo não tinha como acabar bem. Se não tivesse coragem de atirar, podia perder a própria vida. E se atirasse... Ele conhecia Diana. Tirar uma vida seria um peso para ela, ainda que o ato fosse justificado.

"Afaste-se dele agora", ela repetiu, "ou eu vou atirar!"

Ela não avisou uma terceira vez.

Bangue.

Quando surgiu o clarão da fumaça, o homem deu um grito de dor e agarrou a mão direita com a esquerda. Ele não parecia estar sangrando, mas a faca tinha desaparecido.

Bom Deus. Aaron entendeu, então, o que tinha acontecido. Ela arrancou a coisa da mão dele com um tiro limpo. E a força da arma sendo arrancada deve ter doído – talvez até quebrado alguns dedos ou o pulso dele.

Ótimo.

"Jesus", o homem choramingou, dobrando-se e protegendo a mão machucada. "Vagabunda maldita!"

Aaron tinha passado a vida olhando para chamas vermelhas da forja. Mas naquele instante ele enxergou tons de vermelho que nunca imaginou existirem... Ele deu um golpe com as costas da mão no rosto do homem. Então agarrou aquele casaco remendado pelas lapelas e puxou o patife desprezível para perto.

"Eu vou arrancar sua língua", ele rugiu, *"e enfiá-la de volta garganta abaixo."*

Ele completou com uma joelhada na barriga do canalha.

Ele queria completar com um soco esmagador no queixo, e depois um chute nas costelas. Ele tinha vontade de enfiar o vagabundo na lama e deixá-lo para os abutres.

Mas a voz de Diana o alcançou, e o trouxe das garras da violência.

"Aaron, por favor! Por favor, você está sangrando. Vamos embora."

Diana sabia que quando se lembrasse dos acontecimentos da última meia hora iria se perguntar como tinha conseguido manter a serenidade. Mas o que importava, naquele momento, era que tinha conseguido. Seu corpo e suas emoções ficaram dormentes. Alguma força estranha tinha assumido no momento em que ergueu a pistola. Todos aqueles anos mantendo a calma tinham pagado seus dividendos naquele momento. Diana não entrou em pânico, não chorou, e sua respiração permaneceu estável. Ela apenas fez o que precisava ser feito.

Diana conduziu os cavalos por alguns quilômetros pela estrada, até que chegaram a um lugar seguro e ela parou a carroça de lado. Se demorassem demais ali, eles ficariam sem a luz do sol para prosseguir.

Ela ajudou Aaron a tirar o casaco e arrancar a manga da camisa para expor o ferimento. Sem conseguir vê-lo direito, ela pegou a água que eles tinham levado para beber para lavar o sangue.

Um corte fino, preciso, com cerca de cinco centímetros. A menos que infeccionasse, não era um ferimento que ameaçava a vida dele – o casaco de lã tinha ajudado a segurar a lâmina –, mas aquilo era bem mais que um arranhão.

"Vai precisar de alguns pontos", ela disse, calma.

Ela lavou o corte outra vez, para garantir que nenhuma fibra da camisa ou do casaco ficasse dentro da ferida. Então remexeu nas compras que fez na loja de tecidos até encontrar uma agulha e um fio resistente.

Ela estava dando o terceiro ponto quando pensou ter sentido uma gota de chuva cair na sua cabeça. Olhando para cima, e percebeu que não se tratava de chuva, mas de uma gota do suor de Aaron. Pobrezinho. Estava tremendo e suando frio. E Diana nem tinha lhe oferecido algo para ajudar com a dor – nem mesmo uma tira de couro para ele morder.

"Continue", ele disse entredentes. "Pode terminar."

Depois de mais três pontos, ela conseguiu atar o nó com a ajuda dos dentes. Diana então envolveu o braço dele com um pedaço de tecido branco.

"Por sorte estamos vindo da loja de tecidos e não de chapéus", ela disse, irônica.

Ele olhou para o curativo improvisado.

"Sinto muito. Esse tecido era do seu figurino."

"Não ligo para essa peça boba. E eu tenho tecido de sobra. Estou feliz por ter decidido comprar agulha e linha hoje."

Com o curativo terminado, ele enxugou o rosto e se recompôs. Então fez a pergunta que ela receava escutar.

"Por que você fez isso? Eu lhe disse para ir embora. Você deveria ter ido. Você tinha me prometido."

"Eu sei, mas..."

"Mas o quê?" Oh, ele tinha ficado bravo. A voz dele falhava de nervosismo, e suas mãos se crisparam em punhos de ferro. "Você colocou sua vida em risco, e a de Charlotte também."

"Aaron, eu não poderia deixá-lo para trás. Você parou para ajudar os dois por minha culpa. Eu não podia simplesmente ir embora."

"Por sorte você tem a pontaria muito boa. Foi arriscado mirar na faca. Se tivesse errado..."

"Mas eu errei!" E então veio a emoção. Os olhos dela ficaram úmidos e Diana começou a tremer. "Eu errei, droga. Minha mão não estava firme e eu não me preparei para o coice. Eu não estava apontando para aquela droga de faca. Eu mirei nele."

"Oh, meu amor." Ele levou a mão ao rosto dela.

Diana passou a mão pelos olhos, nervosa.

"E só de pensar que... no outro dia eu tinha dúvidas se conseguiria matar uma enguia para alimentar você. Mas hoje, quando vi aquele homem atacá-lo com a faca... Não tive dúvida. Eu teria feito qualquer coisa, Aaron. Qualquer coisa, menos deixá-lo sozinho."

Ele ficou em silêncio por um instante, e então a trouxe para junto de si. O abraço estava apertado, e sua voz, emocionada.

"Eu preciso saber", ele disse. "Preciso saber, agora mesmo, se você é minha. Eu tive paciência durante anos, e, se for necessário, posso esperar mais. Vou fazer tudo o que puder para conquistá-la, para mantê-la. Mas preciso saber, neste momento, se você será minha no final." As mãos dele subiram para o rosto dela. O olhar dele era penetrante e quente. "Diga-me."

O pingente dela, criado por Aaron, chegava a tremer com o batimento feroz de seu coração.

Se ela procurava uma resposta, não precisava de nada além daquilo.

"Sim", ela suspirou. "S..."

Antes que pudesse repetir, seus lábios foram tomados pelos dele.

E logo as mãos de Aaron estavam em toda parte. Ele as enfiou por baixo da capa dela, fazendo contato com seu corpo trêmulo.

Aaron envolveu seus seios, e deslizou as mãos para explorar os quadris e as coxas. A ousadia do toque possessivo dele fez o sangue de Diana ferver. Não havia nada de refinado ou sedutor naquele toque. Apenas posse. Uma carência primitiva e simples.

Enquanto beijava o pescoço dela e mordiscava o lóbulo de sua orelha, Aaron desceu a mão pela perna dela e levantou a bainha de sua saia.

Diana foi tomada de novo por aquele pensamento inebriante, excitante, de quando ainda não sabia nada sobre ele. De antes que tudo isso fosse possível.

O pulso dele é mais grosso que meu tornozelo.

De fato, os dedos dele rodearam com facilidade seu tornozelo com meia, e Diana pôde imaginar os músculos definidos do antebraço dele se contraindo enquanto ele acariciava cada vez mais para cima. Até o joelho, e ainda mais alto...

Entre as pernas, ela sentia um pulsar doloroso de tão doce.

"Diana", ele gemeu. "Eu quero entrar em você. Quero estar no seu lugar mais íntimo. Quero possuir você e o seu coração."

Aquilo era loucura. Não podia acontecer. Não ali, não naquele momento. Mas ela também queria, e a natureza obsessiva do seu desejo foi uma revelação. Que alegria era desejar. E de modo tão intenso, com todo seu ser, sem moderação nem reservas.

Aquilo era novidade para ela, aquele tipo de palavras rudes e excitantes que ele sussurrava não apareciam com a mesma facilidade nos lábios dela.

"Sim." Pelo menos ela conseguiu dizer isso. "Sim, sim."

Ele deslizou a mão mais para cima, passando a liga e além. Seu toque era um ferro em brasa contra a coxa nua e trêmula.

Diana agarrou o pescoço dele, implorando para que Aaron continuasse.

"Sim."

Até Charlotte gemer e se mexer na parte de trás da carroça, e eles se separarem bruscamente.

Todo corpo dela lamentou aquela perda. Seus mamilos, tesos e doloridos, esticavam-se para ele.

"Eu esqueci dela." Diana levou a mão à testa.

Aaron riu em meio à sua respiração ofegante.

"Não acredito que ela continuou dormindo depois de tudo o que aconteceu."

"Ela sempre foi assim. Dorme como uma pedra desde que era bebê. Amanhã vou ter dificuldade para fazê-la acreditar nisso tudo."

"Então não tente. Acho que é melhor manter isso apenas entre nós."

"Mas Aaron..."

Ela não queria contar para Charlotte sobre o vigarista ou a luta, mas eles não conseguiriam esconder o relacionamento por muito tempo.

"Espere até quinta-feira", ele disse. "Eu quero conversar com Lorde Payne antes de fazermos qualquer plano. Eu já tive minhas diferenças com esse homem e não gostei do modo como se comportou quando fugiu com sua irmã... mas estou decidido a me comportar melhor do que o sujeito. Ele é seu cunhado e o homem da família. Eu não preciso da permissão dele, mas ainda assim quero conversar com Payne sobre a situação – sobre nós – e ouvir o que ele tem a dizer. Tudo bem?"

"Tudo bem", ela assentiu.

Aaron encostou a testa na dela e tocou seus lábios com um beijo suave.

"Minha garota..."

Enquanto se beijavam, os pensamentos confusos dela flutuavam direções opostas, uma sublime e outra completamente sem graça.

A sublime: Ela era a garota dele. Garota dele. Garota dele.

A sem graça: Agora ela tinha mesmo que ensaiar aquela peça ridícula.

Capítulo Nove

"Úrsula era melindrosa demais para viver." No dia seguinte, na sala de estar da Queen's Ruby, Charlotte folheava o folheto da peça e fazia caretas. "É um milagre que ninguém a tenha decapitado antes."

"De acordo com o vigário", Diana respondeu, "hoje até a Igreja acredita que a história dela seja um mito. Mas ainda penso que nós devemos mostrar algum respeito."

"Mostre respeito pelos meus nervos", a mãe delas interveio. "Charlotte, passe-me meus sais."

"Não dá, mamãe. A garrafinha sumiu." Charlotte arqueou a sobrancelha para Diana, depois olhou de esguelha para a Srta. Bertram. "Eu lhe disse que existe um padrão", ela sussurrou.

"Sumiu? Bobagem. Deve estar em algum lugar." A mãe se levantou e começou a remexer na sala.

"A peça", Diana disse. "Você deveria estar me ajudando a decorar minhas falas."

Agora que Aaron iria assistir à apresentação, ela queria fazer bonito. É claro que sua mãe tinha interpretado mal suas intenções.

"Estou contente que esteja se esforçando, afinal, Diana. Lorde Drewe não pode deixar de ficar impressionado."

Diana engoliu uma objeção. Os dias que faltavam até quinta-feira seriam os últimos dias que sua mãe tinha para acreditar que tinha uma filha obediente, bem-intencionada, com perspectiva de um casamento aristocrático. Ela não estava ansiosa pelo desenlace daquilo tudo, quando sua mãe saberia a verdade.

Diana abriu o livreto na primeira página.

"Oh, *ai de mim*. Meu pai prometeu-me ao filho de um rei pagão. Prefiro *morrer* a ser desvirtuada."

Charlotte não leu sua fala:

"Estou achando difícil simpatizar com meu papel de Córdula", reclamou. "Se fosse amiga dessa Úrsula, eu teria tentado colocar um pouco de bom senso nela. Estou falando sério. Veja, os pais dela a prometeram a um príncipe pagão e ela não queria se casar com ele. Mas em vez de simplesmente *dizer* que não quer casar com o sujeito, ela pediu um adiamento e foi navegar com onze mil amigas virgens e navegou pelo oceano por três anos."

Diana deu de ombros.

"Parece bastante uma versão marítima de Spindle Cove. Talvez as garotas se divertissem fazendo peças de teatro."

"Elas não estudaram navegação, disso eu tenho certeza. Porque depois de três anos à deriva, Úrsula desembarcou a umas poucas centenas de quilômetros, na costa da França."

"O Sr. Evermoore e eu sonhamos em fazer o Grand Tour." A Srta. Bertram interveio. "Agora que a guerra acabou."

"Oh, é claro que sim." Charlotte revirou os olhos.

"Vamos continuar com Santa Úrsula", Diana pediu à irmã, não querendo ferir os sentimentos da Srta. Bertram.

"Essa é a melhor parte. Onde esse exército de virgens..." Charlotte riu. "Quero dizer, convenhamos... Você consegue imaginar *onze mil* virgens vagando *em massa* pelos campos da Gália? Elas devem ter sido como uma praga de gafanhotos, devorando os alimentos e secando os rios por onde passavam."

"Acredito que é isso que faz dessa história um mito."

"Certo. Então o Enxame Mítico de Virgens chega até Colônia e bate de frente com um paredão de hunos saqueadores. É claro que Úrsula não vê nenhum deles como marido em potencial. Mas ela oferece alguma resistência? Não. Apenas..."

Charlotte passou um dedo pelo pescoço e emitiu um som tenebroso de corte.

"Melindrosa demais para viver. Se é que ela viveu mesmo – o que a História, a Igreja e o bom senso parecem sugerir que não aconteceu."

"Isso não significa que não possamos aprender com ela", Diana disse.

Exausta por sua busca infrutífera pela garrafinha de sais, a mãe se jogou na poltrona mais próxima e abriu seu leque.

"Você está certa, Diana. A moral dessa peça é muito clara. Úrsula devia ter casado de acordo com a vontade de seus pais. Tenho certeza de que eles tinham boas razões para escolher Meriadoc. Ele era um príncipe, e provavelmente muito rico."

"Não, não." Charlotte fechou as mãos no ar em um gesto de frustração. "Essa não é a moral. Não mesmo. O que Úrsula *devia* ter feito era lutar pelo que queria. Se ela tivesse tido uma boa briga com os pais, batido o pé no chão e dito, 'Eu não vou me casar com esse príncipe pagão imoral', ela teria poupado a si mesma – e às suas onze mil amigas – de uma grande dor de cabeça."

Charlotte encarou Diana com um olhar cheio de significados. Esta não teve muita certeza do que sua irmã queria dizer. Mas aquilo a deixou inquieta. Será que Charlotte tinha percebido algo de sua relação com Aaron?

"Você tem razão, Srta. Charlotte." A Srta. Bertram se levantou de súbito. "Vou escrever aos meus pais neste instante e dizer-lhe que não posso ficar afastada do Sr. Evermoore. Não importa que eles não aprovem."

"Pelo menos convenci alguém", Charlotte resmungou depois que a Srta. Bertram saiu pisando duro da sala.

"Podemos apenas ensaiar?", pediu Diana.

"Sim, com certeza!", a mãe exclamou. "Diana precisa decorar suas falas. Pode ter certeza de que Lorde Drewe vai saber as dele. Quantas cenas você tem com ele, Diana? Tem algum beijo?"

Diana jogou o livreto no sofá, exasperada.

"Úrsula morre virgem, mamãe. Esse é o ponto central da peça. Não tem casamento, nem beijo."

O que sua mãe diria se soubesse que Diana tinha beijado Aaron três vezes?

Charlotte tinha razão. Diana queria respeitar o desejo de Aaron falar com seu cunhado primeiro, mas aquilo não significava que ela tinha que manter aquela farsa com relação a Lorde Drewe.

"Mamãe, eu não vou me casar com Lorde Drewe. Ele não me pediu em casamento, e é improvável que peça. E mesmo se pedisse, eu não aceitaria."

Charlotte agitou os punhos no ar em uma comemoração silenciosa.

A mãe levou a mão ao coração. Ela piscou várias vezes. Diana começou a pensar que teria sido melhor deixar para fazer seu discurso depois que achasse o frasco de sais.

Quando sua mãe finalmente falou, o fez com voz baixa:

"Estou tão orgulhosa de você, Diana."

"Você... está?!"

"Sim. Estou orgulhosa de você, minha querida. Eu sentia o mesmo em meu coração, mas estava relutante em falar. Como você tem esperado para se casar, não deve transigir."

Diana ficou muda de estarrecimento. Se ela soubesse que seria assim tão fácil, teria iniciado essa discussão anos atrás.

"Você tem razão", sua mãe continuou. "Você não pode casar com o Marquês de Drewe. Você tem que esperar um duque!"

Oh, Senhor.

Na frente dela, Charlotte fez o gesto de cortar a garganta e desabou no sofá.

Com o céu sobre Spindle Cove parecendo ficar estável, pelo menos por algum tempo, Aaron se viu excessivamente ocupado na forja. Fazendeiros aproveitavam a pausa na chuva para ferrar seus cavalos e consertar ancinhos, enxadas e arados.

É claro que esse surto de trabalho tinha que acontecer exatamente nos poucos dias que Aaron queria ficar sozinho na oficina. Ele estava tendo dificuldade para conseguir trabalhar no anel de Diana à luz do dia. Ele trabalhou no molde à noite, acendendo um número sem precedentes de velas na mesa de sua cozinha.

Quando terminou, enfim, Aaron conseguiu arrumar uma hora para fundir a peça. Aqueceu o ouro no cadinho e o despejou no molde. Quando resfriou, ele pegou o anel para uma inspeção.

Nada mal. Mas não bom o bastante. Ele trabalharia o molde e fundiria o ouro outra vez.

Quando baixou o anel, o ferreiro viu de relance uma mulher de cabelos dourados vindo pela rua na direção da ferraria. Em qualquer outro momento ele teria ficado empolgado com a perspectiva de ver Diana. Mas agora?

Oh, não. Maldição. Merda.

Às pressas, ele colocou o anel ainda sem acabamento de lado e todas as demais evidências, jogando um trapo por cima de tudo bem quando a moça entrou na forja.

E depois de todo aquele esforço, o cabelo dourado nem pertencia a Diana.

"Srta. Charlotte", ele disse, enxugando o suor de sua testa. "Que surpresa. O que eu posso fazer por você?"

Ela se pôs à vontade, acomodando-se em uma banqueta.

"Nós estamos sofrendo uma sequência de furtos misteriosos na Queen's Ruby. O dedal de Diana, o tinteiro da Sra. Nichols, o binóculo da minha mãe, meu frasco de sais e várias moedas."

"O valor não parece muito alto."

"Mas estabelece um padrão", ela disse. "Um mistério. Eu me designei como investigadora e estou fazendo interrogatórios. Você se importa se eu fizer algumas perguntas?

"Claro que não."

Ela pegou um caderno e um lápis.

"Muito bem. Sr. Dawes, tem alguma ideia de quem possa estar pegando esses objetos desaparecidos?"

"Acredito que não, Srta. Charlotte."

"Alguém trouxe quaisquer itens suspeitos para a forja?"

"Não."

"Muito bem. Só mais uma pergunta." Ela baixou o caderno. "Você pretende casar com a minha irmã?"

Aaron arregalou os olhos, surpreso.

"O que isso tem a ver com os objetos desaparecidos?"

"Nada." Charlotte deu de ombros. "Só estou comprovando meu poder de dedução, só isso. Eu posso não saber quem está roubando coisas na pensão – ainda –, mas eu sei que existe algo entre você e Diana."

"Ela lhe contou algo?"

"Não."

"Então quando..." Deus. Ele esperava que ela não os tivesse visto enquanto voltavam de Hastings.

"Eu já sei há mais de um ano! Quando não reparei nos sinais antes de Minerva fugir,, prometi a mim mesma ser mais observadora. Eu sei há muito tempo que ela gosta de você." Charlotte inclinou a cabeça. "Se você vai pedi-la, terá que enfrentar minha mãe."

"Eu..." Aaron não sabia como refutar aquela ideia. Então não o fez. "Eu sei."

"Você tem um plano de ataque?"

"Ataque?"

Charlotte torceu a boca, analisando a situação.

"Você vai ter que lidar com a minha mãe. Ela é um dragão. Pegue suas armas. Proteja seu lombo. Arme-se de coragem e sua melhor espada. E, sim, formule um plano de ataque."

Aaron apenas sacudiu a cabeça. Ele sabia que a matriarca ficaria surpresa e contrariada, para dizer o mínimo, mas não queria ver a Sra. Highwood como inimiga. Ele costumava se dar bem com mães e irmãs.

A Srta. Charlotte tirou um leque da bolsa, que abriu com um estalo, e começou a se abanar com vigor.

"Pronto. Vamos ensaiar uma cena."

"Eu sei que vocês mulheres gostam de teatro, mas representar não é um dos meus talentos."

"Mas não precisa representar. Você é você. E eu sou minha mãe." Ela usou um tom agudo, estridente. "Minha Diana, casar com um *ferreiro*? De todas as ideias horrorosas e impensáveis... Ela vai se casar com um lorde. Ou melhor, com um duque! Ela é a beleza da família, como todos sabem."

Aaron suspirou fundo. Ele tentava ser paciente com a matriarca da família Highwood, sabendo que a maioria dos seus excessos nasciam de um desejo pelo bem-estar das filhas. Mas não gostava nem um pouco do modo como comparava as irmãs entre elas.

"Srta. Charlotte, você é uma garota muito bonita. A caminho de se tornar ainda mais bela, à sua própria maneira."

Ela fez uma careta.

"Eu não vim atrás de elogios. Posso ser bonita, mas Diana *é* a beleza da família. Assim como Minerva é o cérebro da família."

"E você, o que é?"

Ela sorriu, orgulhosa.

"O espírito, é claro. Agora, colabore." Charlotte agitou o leque. "Responda."

Aaron limpou as mãos em um pano e sentou de frente para ela.

"A questão é, Srta. Charlotte, que se a sua irmã casar comigo, isso vai afetar toda a família."

"Claro que sim. Diana vai morar aqui, e Minerva e eu sempre teremos um motivo para voltar a Spindle Cove. Isso vai deixar nós três felizes."

"Você sabe que não é a isso que eu me refiro... Seu próprio futuro. Em breve vai ter sua própria temporada em Londres. E eu desconfio que deseje essa alegria, mesmo que não tenha servido às suas irmãs. Caso a Srta. Diana se case com alguém tão abaixo de sua posição," — ele suprimiu a objeção de Charlotte com um gesto — "é claro que haverá fofoca. E menos convites, menos pretendentes..."

Aaron percebeu que Charlotte começava a entender o que ele queria dizer. Ela se remexeu, desconfortável, na banqueta.

"Escute, Sr. Dawes, acho que você não entendeu. *Eu* vou representar minha mãe nesta cena, e você está roubando todas as minhas falas."

Ele riu.

"Na verdade, eu acabei de perceber uma coisa. Se existe um membro da família Highwood a quem eu devo pedir permissão, não é sua mãe, é você."

Ela se endireitou no banco.

"Ora. Como eu me sinto importante."

"Você é importante. Eu sei que Diana não gostaria de ver você sofrendo."

"Eu também não gosto de ver Diana sofrendo, Sr. Dawes. Mesmo assim, a vejo sofrer desde que me conheço por gente. Eu já segurei a mão dela durante minutos intermináveis e pavorosos, em que ela lutava simplesmente para respirar. Enquanto eu podia correr e brincar, minha irmã ficava sempre dentro de casa. Eu era criança, mas agora estou crescida. Não vou mantê-la presa por mais dois anos só para que eu possa dançar e me divertir em Londres." Ela o encarou. "Eu quero *muito* ver minha irmã feliz. Se é da minha bênção que você precisa, saiba que a tem."

Ele aquiesceu com um movimento lento de cabeça.

"Muito bem, então. Mas poderá se arrepender disso quando os pretendentes de Londres vierem atrás de você e seu cunhado aqui os colocar para correr com um ferro em brasa."

"Você não faria isso", ela riu.

"Eu faria. Pergunte às minhas irmãs." Ele esfregou o rosto. "Mas estou me adiantando. Ainda nem perguntei se ela quer casar comigo."

Charlotte pulou da banqueta e pegou sua capa.

"Essa é uma resposta com a qual você não precisa se preocupar."

Capítulo Dez

Na quinta-feira, Aaron demorou para se arrumar.

Depois de um banho minucioso na bomba de água, ele barbeou o rosto o mais rente que conseguiu. A noite tinha que ser perfeita.

Ele pensou nas mulheres se aprontando na Queen's Ruby. Todas correndo e esvoaçando em suas roupas de baixo, trocando fitas e grampos de cabelo.

Diana, desenrolando uma meia de seda clara por sua perna.

Essa imagem mental lhe valeu um corte no queixo. Aaron examinou o risco escarlate no espelhinho e praguejou. Lá se ia a tentativa de perfeição.

Ele vestiu uma camisa recém-engomada e manteve o colarinho bem aberto para não manchá-lo de sangue. Enquanto lutava com os punhos, tentou não pensar que um cavalheiro de verdade teria um criado para ajudá-lo com essas coisas. Por último, veio seu casaco marrom – limpo e costurado –, que continuava sendo o melhor que ele tinha, mesmo depois do embate na estrada.

Era bom que não tivesse um espelho de corpo inteiro, pois com certeza ele refletiria a imagem do desânimo.

Que tipo de milagre estava tentando fazer acontecer, afinal? Ela o conhecia. Aaron não conseguiria enganar Diana, para fazê-la acreditar que ele era algo além de um ferreiro de um vilarejo.

Ele saiu de casa, e estava quase terminando de selar o cavalo quando congelou no lugar.

Em sua agitação, ele quase se esqueceu do anel! De todas as coisas que poderia se esquecer, ele quase deixou o mais importante.

Aaron abriu a caixa de joias no seu quarto e tirou o anel, deixando-o reluzir na palma de sua mão. Ele tinha usado ouro do melhor – que combinava com o cabelo dourado dela. A tira central era enfeitada com folhas, com um rubi pequeno no centro, entre pétalas de diamantes. Mesmo que não se casasse com ele, Aaron gostaria que Diana ficasse com o anel. Era o melhor que ele tinha para oferecer.

Aaron sentia como se a barriga estivesse cheia de nós. Aquilo era um absurdo.

Ele era quem ele era. Ou Diana o aceitava, ou não.

Depois daquela noite, ele saberia.

"Sr. Dawes!" A voz vinha da forja. "Sr. Dawes!"

Aaron colocou o anel no bolso do peito antes de sair e dar à volta na casa. Ele encontrou Cora Maidstone, filha de um dos fazendeiros da região. Pela cor que estavam as faces da moça, imaginou que ela tivesse vindo correndo.

"O que foi?", ele perguntou.

"O meu pai!", ela disse, ofegante. "Nossa égua está meio mal-humorada e rolou por cima dele, que quebrou a perna. Foi feio."

Aaron passou a mão pelo rosto. A família Maidstone, como tantas famílias de fazendeiros, viviam um ano após o outro. Estavam na época de plantio, e os filhos ainda não tinham idade para assumir o arado. Se aquela perna não sarasse direito – ou se não sarasse –, a família inteira podia morrer de fome.

"Por favor", ela disse. "Ele está com muita dor."

"Claro. Só me dê um instante."

Ele voltou apressado para a casa, tirou o casaco e o pendurou em um gancho. Pegou um avental e o estojo com láudano, curativos e outros itens que Lady Rycliff tinha lhe dado para usar em casos de fraturas de ossos.

Por fim, devolveu o anel de ouro e rubi à caixa de joias e a trancou com cuidado. Não haveria teatro nem festa para ele. Aaron tinha trabalho a fazer e não podia evitá-lo.

Ele era quem ele era.

Se Diana iria aceitá-lo... Aaron só podia rezar para que ela lhe desse outra chance de pedi-la em casamento.

Várias horas exaustivas e sangrentas depois, Aaron voltava a cavalo pela vila. Ficava fora do seu caminho, mas algo não o deixava voltar para casa sem antes passar pela fachada alegre da Queen's Ruby, com suas floreiras cheias de begônias e venezianas verdes.

Ele olhou para a janela que sabia ser a dela. Estava apagada, como todas as outras. Ambervale ficava a algumas horas de distância, e provavelmente as mulheres não voltariam para casa antes do amanhecer. Odiava imaginar o que Diana pensaria dele, prometendo comparecer e depois não mostrando as caras. Aaron deveria ter pensado em pelo menos mandar um recado, mas não teve tempo.

Bem, não havia nada a fazer senão pedir desculpas no dia seguinte.

Ele cutucou o cavalo e virou na rua que levava à ferraria. Conforme se aproximava de casa, avistou uma luz fraca tremulando lá dentro. Estranho... Com a pressa ele devia ter se esquecido de apagar o lampião antes de sair.

Ele se demorou cuidando da égua, dando-lhe água, comida e uma boa escovada. Então Aaron olhou para si mesmo e fez uma careta. A camisa recém-engomada que vestira para a ocasião especial ostentava manchas de sangue. Ele deu uma risada pesarosa, lembrando-se de como tomou cuidado para não sujá-la com a gotícula de sangue que sua distração produziu enquanto se barbeava.

Ali mesmo, junto à bomba de água, ele soltou a camisa da faixa da cintura, tirou-a pela cabeça e a jogou em um balde com água para enxaguar. Não adiantava levar a camisa naquele estado para dentro de casa. Então ele lavou a cabeça, o tronco e as mãos, limpando as evidências do trabalho sanguinolento e sofrido daquela noite. Finalmente, ele se endireitou e passou as mãos pelo rosto e cabelo, tirando o excesso de água, e entrou na casa.

Ela estava lá. Sentada à mesa, a cabeça descansando nos braços empilhados.

"Diana?"

A moça acordou assustada, seus olhos estavam arregalados e perdidos até que o encontraram.

"Aaron. Você está aqui."

"Estou. E você também... O que aconteceu em Ambervale?"

"Eu disse para todo mundo que eu estava com uma dor de cabeça terrível e implorei à Srta. Bertram para fazer o meu papel. Não fui."

"Por que não?"

"Soubemos do acidente do Sr. Maidstone por uma das criadas da pensão. E eu sabia que você seria chamado. Como ele está?"

Aaron suspirou e coçou o queixo.

"Ele vai sobreviver. Endireitei a perna dele o melhor que eu pude. A fratura foi feia e vai demorar meses para sarar. Mas se ele tiver paciência, a perna deve ficar boa."

"Que ótima notícia."

"Ver seu rosto é uma ótima notícia. Fiquei preocupado com o que você iria pensar quando visse que eu não apareceria."

"Eu queria ir ajudá-lo, mas me dei conta de que só iria atrapalhar. Imaginei que você estaria com fome, quando terminasse. E que talvez precisasse de companhia." Ela evitou o olhar dele e seus cílios tremularam.

Ele percebeu, de repente, que estava parado sem camisa diante dela. E que Diana tinha reparado. Aqueles olhos arregalados e sonolentos passearam pelos contornos molhados de seus braços e peito. Mas a dama estava entre Aaron e o quarto, onde estavam todas as roupas dele. Ainda que fosse escandaloso que ela o visse seminu, ele não podia se vestir sem passar perigosamente perto de Diana... e assim apenas ficou parado.

O olhar dela chegou ao seu rosto.

"Eu trouxe o jantar", ela disse e se pôs em pé. Enquanto indicava os pratos cobertos sobre a mesa, com a boca exibindo um sorriso irônico. "Não se preocupe, não fui eu que cozinhei. São algumas sobras da cozinha da Queen's Ruby."

Aaron não sabia o que dizer – a respeito de Diana saber o que aconteceu, de ela ter desistido de sua diversão naquela noite para ficar com ele. A consideração dela não era qualquer surpresa, mas ainda assim... o coração dele insistia que o significado de tudo aquilo era muito maior.

Além de tudo, Diana era tão linda... Qualquer que fosse o vestido escolhido para usar na apresentação da peça, tinha voltado para o armário. Ela trajava um dos seus vestidos mais comuns e simples. Mas o cabelo dela continuava armado em anéis e cachos feitos com cuidado, como se fosse um adereço da festa a que ela não tinha comparecido nessa noite.

Ele a puxou para perto e enrolou no dedo um cacho daquele lindo cabelo dourado.

"Sinto muito por você ter perdido o passeio."

"Eu não sinto." Ela engoliu em seco. "Quero dizer, não dava para evitar."

"É claro que dava. Não precisava ter ficado em casa. Eu sei como você estava ansiosa para encontrar sua irmã e suas amigas."

"Eu estava mais ansiosa para encontrar você."

Ele deslizou o dedo de leve pela face dela, emocionado – e sem conseguir imaginar o que teria feito para merecer essas palavras. Para merecer essa mulher.

"Está com fome?", Diana perguntou.

"Estou", ele aquiesceu.

"Muito bem, então. Talvez eu deva pegar alguns pratos e..."

Aaron a puxou para um beijo.

Estava com fome, sim. Com fome dela. A alma de Aaron estava faminta por aquilo.

Ele tinha voltado para essa mesma casa, para essa mesma cozinha, todas as noites de sua vida. Mas aquela era a primeira vez, em muito tempo, que sentia estar chegando em um lar. Seu lar.

Ela estava quente e acolhedora. Diana cheirava tão bem.

Aaron passou o braço pela cintura esguia, aprisionando as mãos dela contra seu peito nu. Os dedos dela começaram a tocar, explorar e acariciar. E então foram subindo devagar, até ela envolver o pescoço dele com os braços e o segurar firme.

Eles se beijaram e se tocaram. Aaron levou a mão ao seio dela, massageando e acariciando. Ela suspirou, empurrando o corpo de encontro às carícias. Implorando por mais. Ele a puxou contra seu corpo, insinuando sua coxa no meio das pernas dela. Diana o recompensou com um gemido rouco e um beijo exigente, profundo.

Era noite. Os dois estavam a sós e ninguém iria aparecer para interrompê-los. No outro aposento, uma cama esperava. Aaron já estava seminu. Não era preciso ser um adivinho para ver aonde aquilo iria parar.

"Se você não quiser isso...", ele murmurou.

O ferreiro nem conseguiu completar a frase. *Ele* apenas pediu em silêncio: queira isso. *Queira essa vida que nós poderíamos compartilhar, queira-me tanto quanto eu quero você.*

"Eu quero", Diana sussurrou. Ela rolou os quadris na curva firme da coxa dele, fazendo-o sentir pontadas de puro desejo. "Aaron, eu... eu quero tanto isso."

"Eu tinha uma pergunta para lhe fazer esta noite."

"Eu sei." Os olhos azuis dela se ergueram, encarando-o de frente. "Eu vim até aqui para dizer sim."

Ele nem mesmo tentou responder.

Porque não havia nada mais a ser dito. Se ela o queria, Aaron seria dela. Nesta noite, no dia seguinte e para sempre.

Aaron a pegou nos braços, erguendo-a do chão. O gritinho de Diana, misturado com risos, o deixou encantado. Ele desejava fazer isso desde o começo.

Quando a deitou, Aaron desejou ter uma cama melhor. Um colchão mais confortável sobre um estrado de madeira maciça. Lençóis e colchas mais macios. Mas nenhum desses inconvenientes foi suficiente para diminuir seu desejo. Em nada. Quando deslizou a mão por baixo da saia dela, ele sentiu que seu membro era um bastão de ferro dentro da calça. E não experimentava aquele nível de desespero erótico desde que era um adolescente de 16 anos.

Apesar disso, resolveu ir devagar. Aaron sabia que o prazer de Diana tinha que vir em primeiro lugar, ou era possível que nada acontecesse.

Enquanto lutava com os fechos nas costas do vestido dela, seu nervosismo o agitou como um enxame de abelhas. Ele rogou a Deus para que *conseguisse* fazer aquilo ser prazeroso para ela. Aaron nunca tinha se deitado com uma virgem. Na verdade, fazia algum tempo que ele não se deitava com nenhuma mulher.

Aaron passou a adolescência trabalhando demais para ter tempo de correr atrás das garotas, até que uma viúva carinhosa na vila ao lado o pegou – de várias formas, e em vários lugares – e lhe ensinou tudo sobre o corpo feminino. A amizade deles era tranquila, mas Aaron interrompeu o relacionamento quando começou a cortejar a tal professora. E depois que a professora o dispensou, ele passou algumas noites se divertindo em Londres para curar seu orgulho ferido.

E isso era tudo.

Ali estava um homem viril, de sangue quente, com 27 anos e que podia contar suas amantes nos dedos da mão – mão que era, claro, sua amante mais habitual.

As mãos de Diana, por outro lado, eram perfeitas. Macias. Tão macias e maravilhosas quanto curiosas. Enquanto ele puxava o corpete do vestido, ela roçava seus braços com toques inquisidores, e também os ombros e as superfícies do peito. Despertando cada nervo e pondo seu coração a galope.

Ele retirou o vestido e o colocou de lado com cuidado, deixando Diana de meias e com uma chemise simples e inocente. Pela sensação que lhe passavam, as meias dela eram de seda. Aaron passou a mão pela panturrilha dela, imaginando a sensação de ter aquelas pernas enlaçadas em sua cintura. Só de pensar ele gemeu, antecipando seu prazer.

"Você gosta delas?", Diana perguntou. "São minhas melhores."

"Estou surpreso que você não as tenha trocado quando decidiu ficar em casa." Ele tocou a ponta do laço da liga, mas não o desfez.

"Ah, mas eu troquei", ela lhe deu um sorriso felino. "Eu coloquei estas para você."

O desejo o atingiu como um raio, quase partindo-o ao meio. Nenhum dos dois sequer estava nu, mas ele já estava pronto para se derramar.

"Deus, como eu te amo." Não foi a confissão eloquente que Diana merecia, mas ele tinha que extravasar *alguma coisa*, e palavras pareceram a escolha mais segura.

Ela riu e o beijou. Enquanto suas línguas dançavam, ele começou a abrir os botõezinhos alinhados na frente da *chemise* dela. Parecia que eram centenas.

Afinal, conseguiu soltar botões suficientes para permitir que ele abrisse a peça de roupa e enfiasse sua mão por dentro dela.

Bom Deus.

Ele era um ferreiro. Trabalhava com materiais duros e inflexíveis o dia todo. Mas isso... ah, isso era tão suave.

Nada se comparava à sensação do seio dela preenchendo sua mão. Nada. Ele tocou, levantou, massageou e provocou. Por mais que a tocasse, Aaron não conseguia se saciar.

Ele baixou a cabeça, descendo com beijos pelo pescoço dela, chegando ao centro do peito. Ele afastou as bordas da *chemise* até o resto dos botões se soltarem. Parou pelo tempo necessário para registrar a cor do mamilo dela – um tom claro de rosa – antes de tomá-lo em sua boca.

Ela arfou e suspirou, depois enfiou os dedos no cabelo dele.

Com a mão, ele levantou a bainha da roupa de baixo dela, demorando-se para saborear a seda, deslizando antes de procurar as dobras delicadas do sexo dela.

Diana abriu as coxas com uma impaciência inocente, mas a partir daí o progresso diminuiu.

Ela era tão pequena e tão apertada. Colocar apenas um dedo dentro dela demorou séculos. Com relação a seus atributos masculinos, Aaron sabia que era grande, assim como ele todo... Suas amantes anteriores tinham gostado disso. Mas na situação presente...

Armando-se de toda sua paciência, ele foi com aquele dedo para dentro e para fora, enquanto chupava os seios e esfregava a palma da mão na pérola dela. Os gemidos ofegantes e eróticos de Diana o encorajavam, assim como o calor que aumentava.

Mas quando o ferreiro tentou acrescentar mais um dedo, a dama ficou tensa.

Ele retirou o toque imediatamente, amaldiçoando suas mãos grosseiras de trabalhador. Aaron puxou a *chemise* dela para baixo, cobrindo-a até os joelhos.

"Eu não quero que você tenha medo disso. E não suporto a ideia de lhe causar dor." Foi difícil pronunciar as palavras seguintes, mas ele sabia que precisava dizê-las: "Acho que seria melhor nós dois esperarmos."

Os olhos azuis dela cintilaram de emoção. Seus lábios inchados pelos beijos se abriram, deixando escapar as palavras que Aaron nunca esperaria ouvir de Diana Highwood:

"O cacete que seria."

Diana saboreou a expressão de espanto no rosto dele.

Aaron não estava acostumado com tal linguagem vinda dela. E Diana não estava acostumada a *usar* tal linguajar. Mas àquela altura, os bons modos que se danassem. Ela não deixaria espaço para ambiguidades.

Isso precisava acontecer. Esta noite.

Ela se apoiou sobre um cotovelo, e virou o corpo de lado para que ficassem frente a frente na cama.

"Aaron, eu me senti atraída por você assim que nos conhecemos, e fiquei interessada não muito tempo depois. Mas me apaixonei quando colocou as rédeas nas minhas mãos. Você acreditou em mim, me mostrou que eu sabia o que queria, e me deu coragem para seguir meu coração. Esse é o motivo pelo qual estou aqui esta noite."

Ele acariciou o braço dela.

"Se você me diz que tem certeza..."

"Eu tenho certeza. Toda minha vida eu mantive distância das minhas emoções. Agora chega. Alegria, ansiedade, necessidade e prazer e... e tudo, de uma só vez. Eu quero experimentar todas elas, com você."

O rosto dele estampou sua determinação.

"Então você vai experimentar", ele disse.

Isso. Sentindo-se triunfante, Diana relaxou e voltou a se deitar na cama, esticando os membros em uma súplica sinuosa pelo toque dele.

Ele primeiro a acariciou com os olhos, percorrendo todo o corpo dela com um olhar determinado.

"Você conhece o prazer?" A mão dele repousou sobre as pernas dela, envolvendo seu sexo por cima da *chemise*. "Isso vai ser muito mais fácil se chegar ao clímax primeiro."

Ele lhe fez a pergunta de modo tão direto. Esperançoso, até.

"Sim", ela respondeu com a verdade.

"Ótimo." A voz dele saiu num ritmo grave e sensual. "Ótimo." Ela arqueou as costas, pressionando o corpo contra a mão dele. "Isso", ele disse. "Mostre para mim o que lhe dá prazer."

Toda a ousadia que estava guardada dentro dela congelou. Uma coisa era falar, outra era mostrar. Mas ela fechou os olhos, reuniu sua coragem e desceu a própria mão sobre a dele. Ela não o guiou por baixo da *chemise*, mas apertou os dedos dele em seu corpo através da musselina, fazendo a fricção suave, forte, bem no lugar certo.

Depois que ele estabeleceu um ritmo, ela relaxou a mão e se derreteu no colchão. Aaron beijou seus seios, suas orelhas e seu pescoço. O toque habilidoso e a boca talentosa dele eram sensações excitantes muito diferentes das que ela já tinha experimentado. Aquilo não era um breve momento de prazer em uma banheira. Era um oceano. Um mar vasto de prazer, agitando-se à sua volta, erguendo-a e a fazendo balançar de maneiras que Diana não conseguia controlar.

O único curso possível era se render.

A respiração dela ficou irregular enquanto se contorcia, agitada, sobre a cama. Ele pousou os lábios sobre o seio dela e chupou com desejo, provocando o mamilo com investidas de sua língua. A sensação era tão intensa... Uma urgência deliciosa floresceu e se espalhou por todo o corpo de Diana. Ela apoiou os calcanhares no colchão e projetou os quadris de encontro ao toque de Aaron.

"Isso", ele sussurrou, abandonando um mamilo só o tempo necessário para abocanhar o outro. "É isso."

Ele tirou a mão de entre as pernas dela, que choramingou ao ser privada do toque dele, até Aaron cobri-la com toda a extensão de seu corpo. Ele ainda estava vestindo a calça, mas só o calor e o peso dele já eram extremamente sensuais. O pelo do peito de Aaron provocava seus mamilos sensíveis. Com os quadris, ele afastou as coxas dela, e então a protuberância grossa e quente da ereção aprisionada se acomodou na abertura dela.

Sim. Isso. A pressão firme, perfeita, era tudo o que ela precisava. Ele se moveu de encontro a ela em um ritmo lento, enlouquecedor, e Diana começou a comandar os movimentos dele.

"*Aaron*." Ela agarrou os ombros e o pescoço dele como se sua vida dependesse disso, enquanto o prazer a puxava em dez direções diferentes.

E então tudo veio de repente, em uma onda de êxtase, delírio e choque.

Assim que o clímax dela chegou ao fim, Aaron se afastou e começou a puxar os botões da calça, xingando suas botas enquanto ficava nu. Ele levantou a *chemise* até a cintura dela, encarando, descarado, os lugares mais íntimos de Diana. Mas antes que ela pudesse pensar em se envergonhar ou se esconder, Aaron se colocou outra vez sobre ela.

Ela sentiu as coxas torneadas dele contra as dela – e cobertas de pelo, como o peito dele. A cabeça larga e lisa da virilidade dele encostou em seu centro.

"Eu...", ele gemeu. "Eu não sei se consigo aguentar mais."

"Eu acho que nós dois já esperamos tempo o bastante."

Ele flexionou os quadris e depois os empurrou para frente.

Para dentro dela.

Diana enterrou o rosto no pescoço dele, decidida a não chorar.

Aaron praguejou.

"Vai ser melhor da próxima vez", ele disse. "Eu prometo."

Doeu. E *muito* – tanto que foi só quando sentiu o gosto do sangue que ela percebeu ter mordido o lábio.

Vai ser melhor da próxima vez, ela procurou se consolar enquanto uma série de estocadas lentas, mas persistentes, o levavam mais fundo. E aproximavam os dois. *Vai ser melhor da próxima vez*.

Mas assim que ela acreditou na promessa de uma *próxima vez*...

Aquele momento começou a ficar bem gostoso.

Ela não ia chegar no clímax de novo. Não havia dúvida quanto a isso. Mas a sensação sublime de ser necessária, desejada, *amada* com tanto vigor e paixão... era um prazer novo e inebriante por si só.

Ela o abraçava apertado, adorando a sensação de seus músculos contraindo e esticando, enquanto ele enterrava sua masculinidade no fundo dela, e então tentava ir ainda mais além.

Os movimentos dele ficaram mais rápidos e menos elegantes e controlados. A respiração dele ficou entrecortada, de um modo que teria assustado Diana em sua adolescência.

Não mais.

Aaron mantinha seu próprio peso sobre os cotovelos, e ela esticava o pescoço para beijá-lo no peito, no pescoço... em qualquer lugar que conseguisse alcançar. Diana passou a boca pela clavícula dele, sentindo-se ousada e sedutora.

Com um gemido abafado, ele deslizou a mão pelo traseiro dela, segurando-a apertado para uma enxurrada final de estocadas. O rosto dele se contorceu em uma máscara tortuosa de prazer.

Ele enfim caiu sobre ela, rugindo e estremecendo com o esforço final. Preenchendo-a por completo.

Aaron permaneceu dentro dela, relaxando enquanto sua respiração difícil acariciava o pescoço de Diana. Ele ficou quieto e imóvel por um longo tempo. Porque tinham feito por merecer isso – o refúgio que um proporcionava ao outro. Em toda sua vida, Diana nunca tinha se sentido tão amada e segura.

"Você nem imagina", ele finalmente sussurrou no cabelo dela. "Você nem imagina há quanto tempo eu desejava isso."

Ela virou a cabeça em busca do beijo dele.

"Eu acho que tenho uma ideia."

Capítulo Onze

Diana dormiu até tarde na manhã seguinte. Ela imaginava que todas na Queen's Ruby fariam o mesmo.

Fazia menos de uma hora que estava em sua própria cama quando as carruagens chegaram rangendo ao centro da vila. As garotas subiram a escada correndo, com risinhos e sussurros uma para a outra. Parecia que tinham conseguido se divertir sem a ajuda de Diana, que ficou feliz por isso. Parte dela ficou tentada a sair do quarto e perguntar como tinha sido. Gostaria ouvir todas as notícias sobre Kate e Minerva.

Mas Diana decidiu que haveria tempo para essa conversa durante a manhã. Sua noite com Aaron a deixara deliciosamente esgotada, e as outras acreditavam que ela estava doente.

Então, quando Charlotte abriu a porta e sussurrou um "Diana?" cauteloso, ela não respondeu, fingindo que dormia. E então adormeceu de verdade.

Ela dormiu pesado. Todo seu corpo tinha feito por merecer.

Quando acordou, ouviu sons vindo da cozinha, onde preparavam o café da manhã. Seu quarto ficava bem em cima da sala de jantar, e ela conhecia bem aquele murmúrio distante de talheres e porcelana, trazidos pelo ar com cheiro de torrada e manteiga.

Ela se levantou, lavou-se e colocou seu vestido favorito, para depois descer a escada.

Não, não descer.

Ela *flutuou* escada abaixo.

Diana estava *amando*. Ela iria se *casar*. E teria uma bonita casinha naquela vila que passou a considerar seu lar, e ela e Aaron construiriam juntos uma vida e uma família. Podia não ser o futuro que sua mãe tinha planejado, mas era mais felicidade do que Diana tinha sonhado que conseguiria um dia.

E até o fim daquele dia todo mundo saberia da verdade.

No corredor, ela diminuiu o passo, intrigada pelos sons que vinham da sala de jantar.

"Ela está vindo", alguém sussurrou.

Uma trovoada de sons abafados se seguiu. Houve um tilintar apressado de talheres.

Então Diana fez a curva e entrou na sala de jantar, e todas ficaram em silêncio absoluto e sinistro.

"Meu Deus", ela exclamou. "O que foi? O que há de errado?"

Uma das garotas largou a colher na mesa.

"Estão vendo, eu *disse* para vocês que ela não sabia sobre nada disso. Não podia ser ela."

"Quieta, Fanny." A Srta. Price pigarreou e olhou para Diana. "Você parece estar muito bem esta manhã, Srta. Highwood. Não dá para dizer que estava mal na noite passada."

"Obrigada." Diana falou devagar, sem gostar do tom desconfiado da voz da Srta. Price. "Estou me sentindo muito melhor."

Todas as mulheres a observaram com desconfiança e trocaram olhares significativos.

O coração de Diana acelerou.

Oh, Deus. *Elas sabiam*. Todas sabiam. Alguém a tinha visto escapulindo para ir se encontrar com Aaron. Ou voltando depois de encontrá-lo.

"Eu não acredito que ela tenha feito isso", uma garota sussurrou.

"Mas não poderia ter sido ninguém mais", outra respondeu.

"É provável que seja uma compulsão. Ouvi dizer que acontece com algumas garotas. Elas sabem que é errado, mas não conseguem evitar."

Uma compulsão?

Não, não, não. Diana não sofria de nenhuma compulsão. Ela estava *amando*. Estava *flutuando*. Era isso que gostaria que todas vissem hoje. Não havia nada de sórdido nisso.

Mas todas olharam de canto de olho para Diana e sussurraram com as mãos na frente da boca.

Então *aquilo* era ficar arruinada, ela entendeu. Seus 23 anos de refinamento não importavam mais. Todas a olhavam com repulsa e medo nos olhos. Como se o seu belo vestido azul estivesse coberto de sujeira – e se chegassem perto demais, elas também ficariam sujas.

Diana se sentiu doente de verdade. O que estavam pensando dela? O que isso significaria para Charlotte?

Uma coisa era certa – a imagem que tinha da perfeita Srta. Highwood estava irremediavelmente destruída.

A Srta. Price cutucou a garota a seu lado.

"Ande logo com isso. Alguém tem que perguntar."

"Eu pergunto. Sou a senhoria. Devo fazer isso." A boa e velha Sra. Nichols levantou de sua cadeira e juntou as mãos, como se rezasse. "Diana, querida", ela começou, com delicadeza. "Você tem alguma coisa para nos contar? Qualquer coisa, sobre a noite passada?"

A chuva tinha voltado. E mais furiosa.

Aaron não sabia o que fazer. Todas as mulheres da Queen's Ruby, com certeza, passariam o dia dormindo, inclusive Diana. Ele não poderia ir visitá-la antes do fim da tarde, e não fazia muito sentido enfrentar aquele temporal para ir a qualquer outro lugar. Ele tinha ido ver como estava o Sr. Maidstone logo cedo, depois de acompanhar Diana até a pensão.

Ele decidiu começar a trabalhar no portão de ferro forjado para seu jardim da frente. Fazia tempo que planejava substituir o portão simples, de madeira, que havia ali. Mas nunca tinha tempo.

Hoje ele tinha todo o tempo de que precisava.

Aaron alimentou o fogo na forja e pegou uma barra de ferro quadrado. Para fazer balaústres em espiral para o portão, ele precisava aquecer o ferro até este ficar num tom de amarelo brilhante, então prendê-lo com muita firmeza no torno da bancada, apertar a outra extremidade com a tenaz e então torcer o metal em tantas voltas quanto possíveis antes de esfriar.

E repetir o processo todo. De novo e de novo.

Era um trabalho difícil e suado – o tipo de distração do qual Aaron precisava.

Ele estava naquilo há uma hora ou duas quando viu uma figura correndo pela rua. Quem sairia num tempo daqueles? Aaron esperou que não fosse a garota Maidstone de novo, indo lhe dizer que seu pai tinha piorado.

Mas quando a porta abriu, foi Diana quem entrou.

Ela retirou a capa e a pendurou em um cabide junto à porta, depois tirou as galochas de lona que cobriam seus sapatos.

Aaron ficou parado, observando, deixando que sua vara de ferro quadrado esfriasse no torno.

"Você não deveria sair nessa chuva. Vai pegar um resfriado."

Talvez ele devesse tê-la cumprimentado com um "Bom dia", ou "Que surpresa agradável", ou ainda "Eu lhe disse, noite passada, que te amo com todos os recantos da minha alma?" Mas ele não podia dar atenção para civilidades naquele momento. Ela tinha prometido ser dele para sempre. E ele queria que "sempre" fosse um tempo muito, muito longo.

"Eu só precisava vê-lo... Falar com você. Não dava para esperar." Ela correu na direção dele.

"Pare!", Aaron exclamou.

Ela parou, surpresa.

Aaron praguejou contra sua própria falta de jeito.

"Desculpe. Eu não queria gritar com você. Mas cuidado com a barra do vestido e seus sapatos."

Ele olhou para o chão.

Ela tinha saído do chão revestido da ferraria, marchando direto sobre as cinzas, arrastando seus babados molhados pela fuligem. Aquele tipo de chão era quase impossível de limpar. Qualquer um que a visse saberia onde ela esteve.

"Não importa", ela disse. "Estou com frio. Eu quero ficar perto do fogo. E de você."

"Então ponha as mãos nos meus ombros." Quando ela obedeceu, ele passou o antebraço pelos quadris dela e a levantou, colocando-a sentada na bigorna. Ele manteve as mãos fechadas e longe dela, para evitar de sujá-la.

Mas quando a viu ali, sentada inocentemente na bigorna...

Por Deus, Aaron quis sujá-la toda.

Cinco minutos antes, ele teria jurado que não poderia existir visão, em todo o mundo, mais provocante que a da Srta. Diana Highwood em seu vestido azul favorito.

Mas ele estaria errado.

Existia uma visão mais provocante. Era a Srta. Diana Highwood em seu vestido azul *molhado* de chuva.

A capa a tinha protegido do pior, mas estava molhada o suficiente para fazer com que o corpete parecesse uma camada de tinta. Seus mamilos estavam tesos e desenhados com perfeição.

As pernas balançavam sobre o chão de cinzas. Ele olhou para os tornozelos dela, cobertos com meias brancas. Nada de seda hoje, apenas lã. Ainda assim, ele os achou excitantes.

"Eu não esperava que você aparecesse." Ele enxugou a testa com a manga, depois mostrou as mãos pretas. "Fique sentada aqui, perto da forja. Eu vou me lavar, vestir uma camisa limpa e acender o fogo na lareira de casa. Então vou poder esquentar você do jeito certo."

Ela esticou as mãos para ele.

"Não, por favor. Fique. Fique comigo."

"Como quiser."

Franzindo a testa, ele a examinou, tentando decidir se ela tremia devido ao frio ou a alguma fragilidade emocional. De qualquer modo, não gostava da sensação de não poder ajudá-la.

Ele não podia aquecê-la com as mãos, mas elas não eram a única parte do seu corpo.

"Seus dedos devem estar gelados", ele disse, olhando para os punhos cerrados dela.

Diana aquiesceu.

Ela usava aquelas luvas tricotadas que pareciam ser muito populares com as mulheres refinadas nessa primavera. Luvas sem dedos, ele as ouviu dizer. Em um tempo gelado como aquele, "sem dedos" parecia o mesmo que "inútil", mas ele não pretendia entender de moda.

Aaron desamarrou seu avental de couro e o jogou de lado. Então soltou a camisa de trabalho da faixa da cintura e a ergueu.

"Ponha os dedos aqui embaixo", ele a convidou.

Ela espalmou as mãos geladas no peito dele. A sensação causou um choque nele.

"Minha nossa", Diana sussurrou. "Você parece uma fornalha."

Amor, você não faz ideia.

Sim, as mãos dela estavam frias. Mas aqueles dedos gelados tinham menos chance de resfriar o desejo dele do que dez flocos de neve caindo em uma fogueira.

Todo o corpo de Aaron estava incendiado pelo desejo que sentia por Diana. Já estava assim muito antes de ela irromper pela porta.

Tudo em que ele conseguia pensar desde a noite anterior era o corpo dela debaixo do seu. O toque suave de Diana em sua pele nua.

Com um beijo ele devolveu a cor aos lábios de Diana, e então às faces. Ele acariciou, com o rosto, a ponta arrebitada e gelada do nariz dela. E secou uma gota de chuva da testa de Diana.

"Já estou melhor", ela disse.

"Só estou começando." Ele beijou seu pescoço. "Mas você tinha algo para falar?"

"Isso pode esperar."

"Ótimo." Ele foi descendo com seus beijos. "Ótimo."

Os dedos dela deslizaram pelas costelas dele, e se abriram sobre os músculos das costas, puxando-o para perto. Por instinto, ele começou a retribuir o abraço, mas se lembrou a tempo de não sujar o vestido dela com fuligem. Então ele deixou as mãos caírem e agarrou as pontas da bigorna.

O decote dela o impediu de ir além. Molhada, a musselina não cedeu. Então ele baixou mais a cabeça, aninhando o rosto entre os seios dela por cima do corpete.

Diana suspirou e pressionou o peito contra ele, em busca de mais contato.

Aaron sabia que ela queria mais. *Precisava* de mais. E ele podia realizar o desejo dela.

Só não tinha certeza se estava pronta para aquilo.

Ele não tinha como saber se não tentasse.

Aaron se ajoelhou e abaixou a cabeça, enfiando-a por baixo das saias dela.

Diana ficou paralizada, não mexia nenhum músculo, mas ele podia ouvi-la respirando. E a respiração vinha arrastada e ansiosa. Do fundo do ventre.

Ela não lhe disse para parar.

Com os lábios, fazendo um caminho pelo corpo dela, ele foi subindo pela panturrilha coberta, abrindo passagem pelo túnel de anáguas. Quando chegou à liga, Aaron percebeu que o paraíso estava próximo. Ele encostou a língua na pele nua da parte de dentro da coxa, então subiu audaciosamente. Conforme ele subia, seus ombros largos abriam as pernas dela.

A coxa de Diana tremeu com doçura junto à sua boca.

Aaron encontrou o centro dela, onde se acomodou, abrindo-a com sua língua.

Ela encheu os pulmões.

Ele parou, dando-lhe tempo para se acostumar ou impedi-lo, se assim quisesse. Ele também inspirou fundo. Aaron sentiu o aroma da chuva de primavera, da musselina passada com ferro quente e da inebriante essência feminina. Tão pura, tão sensual. Aquilo o deixou maluco.

Ele a sorveu, sedento por mais.

Não demorou para que ela se rendesse ao prazer, entregando-se aos lábios dele. Aaron a explorou com delicadeza e carinho, aprendendo o que a agradava e o que a fazia se retrair. Ele teria adorado levá-la ao clímax assim. Mas quando ela o puxou pelos ombros, um pedido silencioso para que ele levantasse, Aaron não teve forças para negar.

Com os dentes, ele puxou as saias dela até a cintura, e depois colocou seus quadris entre as pernas abertas, roçando a ereção presa pela camurça na carne excitada dela.

Aquilo era tão bom.

E tão errado.

A centelha de uma dúvida percorreu a coluna dele. Estavam no meio do dia. Caia um temporal lá fora, mas alguém *podia* aparecer a qualquer instante. Alguém da pensão *podia* estar à procura dela.

Os dois iam mesmo fazer aquilo?

As pernas esguias dela enlaçaram a cintura de Aaron e o salto do sapato dela afundou no flanco dele, como uma espora, estimulando seu animal interior.

Ah, sim. Eles iam mesmo fazer aquilo.

Ele apertou as mãos nas extremidades pontudas da bigorna, envolvendo os quadris dela.

"Você vai ter que me ajudar, agora."

Ela colocou as mãos entre os dois corpos e começou a mexer nos fechos da calça dele, soltando cada botão com seus dedos pequenos, mas decididos. E esses mesmos dedos curiosos entraram na calça de Aaron e encontraram seu membro rijo, puxando-o para fora e apontando-o para o centro dela.

Diana estava molhada e pronta para ele. Um gemido baixo elevou-se do peito de Aaron enquanto ele deslizava para dentro.

Que... delícia... do...

Quantas noites ele tinha usado a própria mão ao imaginar essa mesma cena? A perfeita, refinada e delicada Diana Highwood sentada em sua bigorna, as coxas brancas como leite espalhadas ali. Ofegando por ele. As costas arqueadas de prazer, os seios transbordando do corpete enquanto ele a possuía, martelando o ferro forjado de sua ereção no calor dela, de novo, de novo e de novo. Ela sempre foi a fantasia erótica favorita dele.

Mas a realidade? A realidade superava a imaginação de Aaron.

Ele nunca teria concebido aquilo, dessa forma. O som da chuva caindo, tamborilando no telhado da forja. O vapor íntimo da respiração misturada dos dois. O aroma de musselina lavada misturado com puro desejo animal. E, Deus, como era senti-la. Seu calor aveludado envolvendo o membro dele. Tão apertada. O aperto doce das pernas dela enlaçando seus quadris. O beliscão delicioso das unhas de Diana em sua nuca.

Eu também quero isso, o corpo dela lhe dizia. *Eu quero isso, quero você. Eu quero mais, mais e mais.*

Com um rugido baixo, ele apertou ainda mais as mãos na bigorna e redobrou seu ritmo. Ele lhe daria mais. Daria *tudo* a ela.

"Aaron." As mãos dela agarraram o tecido de sua camisa. "Aaron, espere."

O ferreiro congelou, a respiração acelerada. Droga. Ela tinha criado juízo e percebido que era uma dama sendo devorada de modo bruto sobre a bigorna da ferraria da vila. Maldição. Ele era um grosseirão pervertido.

Talvez devesse pedir desculpas. Tentar ser um pouco mais gentil carregando Diana para sua cama dentro de casa.

Ou talvez ela quisesse ir embora. Para sempre.

"Eu..." Ele não sabia o que dizer ou fazer. Aaron só desejou que ela não chorasse.

Diana o encarou, os olhos pesados e sensuais.

"Toque-me", ela pediu, com a voz rouca. "Pode me sujar. Eu não ligo."

Que... delícia... do...

A não ser por seus murmúrios durante a missa de domingo, Aaron não fazia uma prece consciente há mais de dez anos. Ele imaginou que suas chances de entrar no Céu não iriam melhorar se ele voltasse a rezar pedindo *Que os santos me protejam da ejaculação precoce*. Mesmo que pedisse com toda sinceridade.

Em vez de rezar, ele rilhou os dentes e diminuiu o ritmo de suas estocadas para um balanço lânguido. Ela continuou agarrada ao pescoço dele, mas relaxou os braços, de modo que ficou pendurada nele, deixando um espaço entre os dois para que ambos pudessem assistir ao ato.

Ela viu, com olhos bem abertos e sem fôlego, quando ele envolveu seu seio com a mão. O corpo dela arqueou sob o toque. O polegar de Aaron desenhou um círculo escuro e rude sobre a musselina clara. Marcando-a.

Diana soltou um grito agudo de prazer e seus músculos íntimos se fecharam ao redor dele.

Apertado.

O grito que ela soltou... era de alívio, nascido de uma expectativa. Como se o toque rude e sujo dele era o que estivesse esperando.

Toque-me. Pode me sujar. Eu não ligo.

"Quem diria." Ele piscou para afastar do olho uma gota de suor. "Você também estava sonhando com isso."

Ela mordeu o lábio e ficou corada, batendo os cílios, tímida.

"Eu... eu não sei o que você quer dizer."

Aaron riu baixo, alternando a carícia de um seio para outro. É claro que ela não iria admitir. Isso estragaria a diversão dos dois.

Mas ele percebeu a verdade. Ela imaginara aquela cena. Sonhado com ela. Talvez até enfiado a mão por baixo das cobertas e se tocado enquanto imaginava exatamente o que estava acontecendo.

Droga, como ele a amava.

E Aaron iria fazer com que aquilo fosse bom.

Ele falou com a voz baixa e orgulhosa enquanto acariciava o mamilo endurecido. Espalhando sujeira em um círculo obsceno:

"Não banque a inocente, Srta. Highwood. Você estava sonhando com isso. Uma noite de amor bruta e suada com o ferreiro da vila. Estas mãos fortes e sujas em todo seu corpo. Você estava querendo isso, não estava?"

"Eu..."

Ele tirou metade, depois foi fundo.

"Não estava?"

Enquanto ele entrava e saía, a cabeça dela confirmou com um movimento sutil.

"Diga." Ele enfiou com força.

"*Estava*", ela arfou.

Um arrepio triunfante zuniu por todo o corpo dele, e então foi acumulando, tenso e ansioso, na base de sua coluna.

"Mostre para mim, amor. Mostre o quanto você queria."

Ela o beijou com paixão, faminta, capturando a língua dele e a chupando com força. Enquanto se beijavam, ela produziu gemidos suaves, carentes, no fundo da garganta.

"Possua-me", ela sussurrou. "Pode me marcar como sua. Eu quero que todo mundo veja."

As palavras dela estraçalharam os freios de Aaron, mas ele lutou contra o impulso de ir rápido e firme, permanecendo fiel ao ritmo lento e contínuo que a fazia se contorcer e gemer.

Que a deixava tensa, agarrada nele.

E que, finalmente, fez com que Diana estremecesse e gemesse em seu doce êxtase.

Graças a Deus.

Quando ela se recuperou, ele a pegou firme em seus braços e então se ergueu, levantando-a completamente da bigorna e apoiando o peso dela em seu peito.

"Segure firme", ele grunhiu. "Segure firme em mim."

Ela obedeceu, passando os braços pelo pescoço e as pernas pela cintura dele.

Ela queria trepar com um ferreiro bruto e rude? Era isso que teria. Dez anos naquela forja transformaram Aaron, fazendo do garoto um homem. Ele aprendeu a ter paciência, atenção ao detalhe, autocontrole – tudo que precisava para ser lento e contínuo para dar prazer a Diana.

Mas esses dez anos também o deixaram forte como um touro. E agora era a vez dele.

Afastando os pés na largura dos ombros, ele concentrou sua força nas coxas até ficarem firmes como troncos de árvore. Ele usou cada porção daquela força conquistada com muito trabalho em seus braços e ombros para deslizá-la para cima e para baixo em sua ereção. Usando-a com o maior descaramento, agarrando o traseiro dela com as mãos sujas enquanto a manipulava.

Não era algo que ele conseguiria fazer a noite toda, mas isso não importava. O desejo dele chegou a um nível tão desesperado que um minuto ou dois era tudo de que precisaria.

Ou nem isso.

Ele queria manter os olhos abertos. Aquele era seu sonho, sua fantasia que se tornava realidade. Ela estava em seus braços, toda rendada, perfeita, suja e molhada. Ele queria ficar observando, manter seu olhar no vão corado e brilhante de suor entre os seios dela.

Mas quando seu prazer irrompeu através dele, seus olhos se fecharam por vontade própria. Os espasmos violentos de êxtase o enviaram para um lugar escuro, depois um lugar brilhante...

E então para um lugar completamente vazio.

O abraço carinhoso dela o trouxe de volta. Isso e o tamborilar implacável da chuva.

De algum modo ele conseguiu carregá-la até a mesa e deitá-la ali. Ele puxou as calças para cima e desabou do lado dela, tomado pelo cansaço.

Nenhum trabalho mais seria feito naquele portão por hoje.

"Oh, Aaron. Eu estou com um problemão."

Afastando a letargia pós-sexo, ele se virou e a encarou.

"Se você não... eu..."

"Não", ela se apressou em tranquilizá-lo. "Eu não quis dizer isso. Não me arrependo de nada hoje. Nem da noite passada. Não mesmo."

Ele exalou de alívio.

"Qualquer que seja o problema, eu posso consertar. É o que eu faço, consertar coisas."

"Isso não é tão simples quanto um fecho quebrado", ela disse.

"Seja o que for, qualquer necessidade, eu vou consertar. Se ainda não sabe disso..." Ele desenhou uma linha de fuligem no rosto dela. "Diana, eu amo você mais que a minha própria vida."

"É isso mesmo." Ela mordeu o lábio. "*Minha* vida está em risco. Eu posso ser acusada de um crime."

Capítulo Doze

Diana esperou, sem respirar, pela reação dele.

Depois de momentos longos e tensos, ele finalmente reagiu.

Aaron riu.

Ela só queria que o assunto fosse mesmo engraçado.

"Não é uma piada, infelizmente. Estou sofrendo suspeitas muito sérias."

"Do quê?"

Ela estava sentada na mesa, as pernas penduradas na borda.

"Quando desci do meu quarto esta manhã, todas as mulheres estavam na sala de jantar. E cochichavam sobre mim. Eu pensei que deviam ter descoberto sobre nós dois, sobre a noite de ontem. Mas não era isso. A Sra. Nichols me acusou de algo totalmente diferente. Elas acham que eu venho roubando as coisas da pensão."

"Roubando?" Ele franziu o rosto e toda diversão sumiu de seus olhos. "Você?"

"Tem acontecido uma série de objetos sumindo por lá. Coisas pequenas."

"Charlotte me contou sobre isso", ele aquiesceu.

"Ela contou? Quando?"

Ele fez um gesto com a mão.

"Não é importante agora. Continue."

Enquanto falava, ela puxou o corpete sujo, endireitando-o.

"Noite passada, enquanto todas as mulheres estavam em Ambervale, várias coisas desapareceram. Dessa vez, algumas eram valiosas. Sumiu um broche de ouro da Srta. Price, e um guinéu foi roubado da escrivaninha da própria Sra. Nichols. E como eu fui a única hóspede que permaneceu na pensão..."

"Você não podia estar sozinha lá. E quanto às empregadas?"

Ela sacudiu a cabeça.

"Somente Matilda esteve lá, e ela dorme no mesmo quarto que a Sra. Nichols. Se tivesse saído, a Sra. Nichols teria percebido. Aos olhos delas, eu sou a única que poderia ter pego essas coisas."

"Mas você não pegou."

"Claro que não peguei", ela disse. "Nunca roubei nada na vida. É óbvio que ninguém *quer* acreditar que fui eu, mas parece ser a única explicação lógica. Elas estão achando que desenvolvi algum tipo de compulsão. Uma espécie de doença que me leva a roubar."

Ela exalou com força e entrelaçou os dedos, formando uma treliça apertada.

"A Srta. Price pediu que chamassem o magistrado. Não tenho escolha se não contar a verdade para elas. Vou dizer que não posso ter feito nada disso, porque fiquei a noite toda aqui, com você."

Os olhos dele faiscaram.

"O quê?! Diana, você não pode contar isso para elas."

A veemência da resposta dele a pegou de surpresa. Ele se levantou da mesa e foi até a forja, onde remexeu as brasas do fogo que morria e o alimentou com novos pedaços de madeira.

"Eu acho que não tenho escolha", ela disse. "Essa é a verdade."

"Sim. E se contar para elas, estará arruinada. De verdade."

"É melhor ser uma mulher arruinada do que suspeita de roubo, você não concorda?"

Ele não concordou nem lhe deu qualquer resposta.

"Esse broche que sumiu é de ouro, Aaron. Vale muito dinheiro. Ladrões são enforcados por roubar menos que isso."

"Ninguém vai enforcá-la. Você não é uma ladra. Os objetos vão aparecer, ou outra pessoa vai confessar. Ninguém tem nenhuma prova, apenas suspeitas." Ele se aproximou de Diana e pôs as mãos em seus ombros. "Por que contar sobre a noite passada para todo mundo e se abrir para fofocas cruéis?"

Ela deu de ombros.

"Talvez eu não ligue para fofocas", ela respondeu.

"Não acredito nisso."

"Então tente se esforçar um pouco mais." Diana sentia-se frustrada. Ele não tinha prometido confiar nas decisões que ela decidisse tomar?

Diana tentou se explicar.

"Quando eu desci a escada, esta manhã, e vi que todas me encaravam, pensei que nós dois tínhamos sido descobertos. Por um instante, eu fui tomada por uma sensação de terror. E tive certeza de que estava arruinada. Mas então algo mudou. Depois que me resignei com o que era inevitável... eu me senti estranhamente livre. Sem nenhum tipo de vergonha e até empolgada. Aaron, eu *quero* que as pessoas saibam."

"Bem, eu não. Não desse jeito." Ele a soltou e começou a andar pela ferraria.

"Eu não entendo." Ela o observava, perplexa. "Nós não estávamos planejando nos casar?"

"Sim, mas eu queria me casar com você de modo respeitável. Se as pessoas souberem disso, vão começar a pensar que nós só nos casamos porque eu a seduzi e você não teve escolha."

"Então o problema aqui é o seu orgulho", ela disse. "*Sua* reputação, não a minha."

"São as duas coisas, Diana. Mas sim, eu também tenho uma reputação. As pessoas me respeitam nesta vila. Este é o meu lar."

"Eu espero que também venha a ser o meu lar."

"Então pense direito. E se começarem a comentar em Londres que você foi deflorada por um artífice desta vila? Pode ser que as boas famílias parem de mandar suas filhas para Spindle Cove. A cidade toda vai sofrer, e terá sido por minha culpa. Nesse caso, eu talvez não consiga sustentar você."

Aquele provavelmente não era o melhor momento para mencionar que o dote dela, embora modesto para os padrões aristocráticos, poderia mantê-los com conforto por décadas. Ele ouviria aquilo como mais um insulto.

"Aaron, eu não sei o que dizer. A não ser que, talvez, você devesse ter pensado nisso tudo antes de me carregar para sua cama, ontem à noite."

Ele passou a mão pela boca.

"Eu não estava pensando ontem à noite. É óbvio."

Diana tentou não se ofender. Ela tentou, muito, interpretar as palavras dele do modo mais gentil possível.

Quando decidiu ir à casa dele na noite passada, ela o fez depois de muita reflexão e com consciência total dos riscos. Contudo, ele foi pego de surpresa pela presença dela ali. E estava muito vulnerável, depois de um longo dia lutando com a mortalidade e a exaustão. Talvez, se tivesse tido tempo de pensar direito, Aaron a teria mandado para casa sem fazer amor com ela.

Mas mesmo assim... Como podia se arrepender agora? O que os dois tinham feito foi tão maravilhoso. Pelo menos foi maravilhoso para *ela*. *Diana* se sentia pronta para ficar com ele, casar com ele, comprometer sua vida com a de Aaron.

Podia ser que ele não se sentisse tão pronto quanto ela.

"Aaron, eu entendo se você estiver com medo. Eu também estou. Nós sabíamos que não seria fácil anunciarmos nossos planos, mesmo nas melhores circunstâncias. Mas não vejo como evitarmos de contar a verdade."

"É fácil", ele disse. "Nós esperamos. Em um dia ou dois esses roubos estarão esclarecidos. Então peço sua mão da forma correta."

"E se a questão dos roubos não estiver resolvida? Se me pedirem explicações, não vou ter o que dizer. Minhas opções estão entre 'suspeita de ladra' e 'fornicadora assumida'. Em nenhum dos casos eu vou continuar sendo a 'Perfeita Srta. Highwood'. E por mais estranho que pareça, isso me deixa feliz. Estou pronta para ser apenas eu mesma." Ela o encarou. "Então, acho que resta apenas uma pergunta. Você *me* ama? Ou ama apenas a ideia perfeita e preciosa que tem de mim?"

Os dedos dele ajeitaram uma mecha solta do cabelo dela.

"É claro que eu a amo. Perfeita ou não, você é tudo para mim, Diana. É por isso que não vou suportar nossos amigos e vizinhos pensando coisas ruins sobre você." Aaron fez um gesto indicando o vestido sujo dela. "Eu não quero que eles acreditem que você é esse tipo de garota."

Ela abriu os braços.

"Aparentemente, eu *sou* esse tipo de garota. E você não parecia se importar até dez minutos atrás."

"Isso é diferente. Sabe que é diferente. Isso é o que acontece entre nós dois, e que não precisamos desfilar em público para todo mundo ver. Nós sabemos como nos sentimos, mas para todos os outros..." Ele estremeceu ao ver a marca escura de sua mão aberta sobre o seio dela. "Você parece uma prostituta que acabou de divertir uma turma de carvoeiros."

Ela se encolheu, ferida.

"E no entanto eu não me senti suja até este momento."

"Não foi o que eu quis dizer", Aaron disse.

"Eu sei exatamente o que quis dizer. Você quer uma prostituta em sua cama à noite, mas de dia quer uma virgem perfeita." Ela pôs a mão sobre o coração. "Mas eu preciso de um homem que *me conheça*. Que *me* queira. E que não tenha medo nem vergonha de que o mundo veja isso."

"Então, agora *eu* estou com vergonha?" O gesto dele foi de impaciência. "Diana, a noite que passamos juntos não seria tão escandalosa se alguém – suas amigas, sua família, os vizinhos – desconfiasse que você gosta de mim. Mas ninguém viu nenhuma evidência disso. Ou será que viu?"

O tom de acusação na voz dele a feriu. *Ele tinha razão*, Diana pensou. Se ela tivesse sido mais franca com relação a seus sentimentos por Aaron, a verdade sobre a noite passada não seria uma surpresa tão grande. E, para começar, ela não precisaria ter mentido sobre a dor de cabeça.

"Eu... eu não sou uma mulher que demonstra sentimentos com facilidade." Por hábito, ela levou a mão ao frasco que costumava trazer pendurado no pescoço. Mas ele não estava ali. Seus dedos se fecharam no ar e ela se sentiu sem ter no que se segurar. "Eu sempre fui reservada."

"Reservada", ele repetiu. "Até semana passada, você mal reparava em mim quando nos cruzávamos na rua. Eu nunca me ofendi.

Mas você pode dizer que *eu* tenho vergonha? Você sabe que isso não é justo."

Tudo que Diana sabia era que precisava ir embora dali.

Com os dedos trêmulos, ela ajeitou a roupa o melhor que conseguiu e se encaminhou para a porta. Se ele preferia deixá-la ao sabor de acusações falsas de roubo, em vez de admitir suas próprias e verdadeiras ações, parecia não haver mais nada para se conversar. Ela estava sozinha.

"Não vá embora brava", ele disse, com o tom de voz mais gentil que antes. "Nós vamos morar nesta vila pelo resto da nossa vida, se Deus quiser. Em uma semana essas acusações absurdas de roubo serão esquecidas. Mas se contar sobre ontem à noite para todo mundo, a fofoca vai durar anos. Eu só quero ter cuidado, só isso."

"Eu vou ter cuidado. Eu tenho muita prática em ser cuidadosa. Não se preocupe, Aaron." Ela jogou a capa sobre os ombros e a amarrou na frente. "Vou voltar para casa sem que vejam estas manchas. Ninguém precisa saber de nós. Nunca."

Ela bateu à porta e Aaron sentiu a força da pancada em suas costelas.

Droga. Ele não tinha lidado bem com aquilo.

Com duas irmãs sob seus cuidados, Aaron sempre foi alvo de um pouco de fúria feminina em sua vida. Mas a saída de Diana foi cruel. Aquela batida implorava: *Venha atrás de mim. Rasteje, implore e prometa me dar tudo o que eu pedir, tudo o que eu precisar.*

Ele tinha toda a intenção de fazer exatamente aquilo.

Droga, nunca deveria ter dito aquilo sobre prostitutas. Ele pareceu ter nojo dela, quando na verdade sentia nojo de si mesmo.

A situação toda era culpa dele. Aaron nunca deveria ter deixado que ela passasse a noite com ele. Se outro homem tratasse Diana – ou qualquer mulher, na verdade – daquela maneira, Aaron teria feito o papel do diabo. E a vila inteira ficaria sabendo. Ele era como o irmão mais velho de todas as mulheres da cidade. E *protegia* o contingente feminino de Spindle Cove.

Mas tinha fracassado em cuidar da mulher que amava.

Ele iria atrás dela. Assim que fosse possível. Primeiro precisava se lavar, barbear e trocar de roupa. Vestiria seu melhor casaco e colheria algumas flores. Aaron imaginava que não tinha tempo de decorar uma poesia, mas levaria o anel consigo.

Aquela tinha sido a primeira discussão dos dois, e ele não ousaria economizar nas desculpas. Iria atrás dela, se colocaria aos seus pés e faria promessas...

Não haveria meias-palavras.

Ele tinha que fazer aquilo com todo seu coração, mesmo que significasse arriscar tudo.

Capítulo Treze

Quando Diana retornou ao centro da vila, a barra do seu vestido e seus sapatos estavam enlameados. Além disso, a chuva tinha empapado seu cabelo. Mas com a capa apertada ao redor do corpo, ninguém podia ver as manchas no vestido.

Os olhos inchados e vermelhos, e o nariz fungando, podiam ser explicados com facilidade – apenas resultado do tempo úmido.

Ela suspirou. Como sempre, sua saúde delicada servia como uma desculpa conveniente. Ninguém precisaria saber da verdade se ela não quisesse contar.

Mas Diana logo percebeu que ainda não precisaria inventar desculpas. Outras preocupações ocupavam as moradoras da Queen's Ruby. Quando a pensão surgiu diante dela, Diana viu todas as jovens residentes reunidas na varanda, amontoadas debaixo do pequeno telhado como um grupo de monges em suas capas com capuz.

"Oh, lá está ela." Charlotte correu para perto de Diana. "Onde você estava?"

"Eu fui dar uma volta."

"*Neste tempo?*" A irmã virou o rosto para a chuva, então deu um olhar desconfiado para Diana.

"Não se preocupe comigo. O que está acontecendo aqui?"

"Nós vamos até o *Touro e Flor*, todas nós." Charlotte passou o braço pelo da irmã. "A Srta. Price insistiu que a pensão fosse esvaziada e que

125

se fizesse uma busca nos quartos. Ela está fazendo um escândalo por causa daquele broche. Disse que ganhou de herança."

"Estão vasculhando os quartos?"

A matriarca Highwood se juntou a elas. Com sua capa preta ondulando atrás dela, a Sra. Highwood parecia um corvo vingador.

"Isso é uma afronta!", ela disse, revoltada. "Depois de dois anos morando nessa pensão, temos que enfrentar tal suspeita? Eu dei permissão para que procurassem no seu quarto, Diana."

"O quê?!"

"Não pareceu haver motivo para não permitir. Você não tem nada para esconder. Depois que essa horrorosa Srta. Price estiver satisfeita, poderemos deixar esse absurdo para trás." Ela fez um som de desgosto. "E tudo isso por causa daquele broche feio e fora de moda. Ela deveria agradecer à alma caridosa que a livrou daquilo."

Enquanto a Sra. Nichols e Matilda vasculhavam os quartos da pensão, todas as hóspedes atravessaram a praça da vila a caminho da *Touro e Flor*, onde ocuparam todas as mesas disponíveis. A Sra. Highwood pediu chá quente. Diana queria ter coragem para pedir ao Sr. Fosbury que colocasse um pouco de uísque no seu copo. Ela detestou o modo como as outras a encaravam.

Diana se encolheu na cadeira, apertando bem a capa ao redor do corpo, e rezando para que aquilo acabasse logo.

"Talvez esteja na hora de irmos embora de Spindle Cove", ela disse em voz baixa.

A mãe agarrou seu braço, empolgada.

"Oh, Diana. Se *esse* for o resultado deste desastre, então eu preferiria que você tivesse sido acusada de roubo há um ano. Nós podemos ir para Londres imediatamente. Minerva e Lorde Payne vão nos receber de braços abertos."

Diana duvidava dos "braços abertos", mas ela acreditou que não seriam mandadas embora.

"Você vai poderá a frequentar as melhores rodas. Onde é o seu lugar, afinal. Vamos conhecer tantos cavalheiros finos. Homens ricos, cultos e com maneiras excelentes."

Diana sentiu vontade de chorar. Ela não queria homens ricos e cultos. Ela queria Aaron, com sua casinha acolhedora e sua dedicação ao trabalho. O mais irônico era que, depois de todos os receios de Diana quanto à reprovação da mãe e da sociedade, era *ele* que não estava disposto a enfrentar um pouco de fofoca por *ela*.

"Isso é ridículo", declarou Charlotte, ficando em pé e rebatendo a acusação silenciosa que pairava sobre elas. "Diana não é a ladra que vocês procuram. Eu sei que não." Ela virou um olhar acusador para a Srta. Bertram, que permanecia envolta em sua capa no canto da sala. "*Você* está muito quieta."

"O que você quer dizer?", a Srta. Bertram perguntou, remexendo-se no lugar. "Eu estava em Ambervale ontem à noite, com todas as outras. Todas menos a Srta. Highwood."

O silêncio foi interrompido por uma agitação criada pelo sussurro coletivo de suposições.

O Sr. Fosbury, bendito seja, bancou o pacificador. Ele veio da cozinha, trazendo uma bandeja de bolinhos para oferecer às moças.

"Ora, ora. Isso tudo deve ser apenas uma confusão. Ninguém que conheça a Srta. Highwood pode pensar isso dela."

A Srta. Price estalou a língua.

"Ninguém que morou com ela durante a semana passada pode negar que ela tem agido de modo estranho. Desaparece na hora das refeições, fica isolada." Ela resolveu confrontar Diana. "Você disse a todo mundo que estava doente, ontem à noite. Mas pareceu estar muito bem esta manhã."

"Sim", Diana confirmou. "Sim, eu menti sobre estar doente ontem à noite."

Era isso. Ela iria dizer a verdade. Mesmo que seu sonho de ser a esposa de um ferreiro não fosse dar certo, Diana se recusava a desistir da sensação de liberdade que havia experimentado.

Outra garota pareceu ficar perplexa.

"Por que você fez isso, Srta. Highwood? Você não estava ansiosa para visitar Ambervale?"

"Eu acho que a razão é óbvia", A Srta. Price declarou. "Ela ficou para trás para que pudesse ficar à vontade com nossos pertences."

"Não." Diana endireitou a coluna. "Eu fingi estar doente pela mesma razão que tenho fingido ter uma saúde frágil há anos. Hábito. E medo." Ela se virou para a mãe, decidida. "Minha asma não me incomoda há anos, mamãe. Já me falaram que estou curada. Mas me apeguei à aparência de saúde delicada porque... porque é mais fácil inventar uma doença de mentira do que aguentar a verdadeira dor de cabeça que é discutir com você."

O silêncio tomou conta do salão. Ela podia sentir todas as outras olhando para ela.

"Desculpe-me, mamãe. Eu devia ter sido honesta e contado que não queria ir."

"E por que você não queria ir?!", a mãe exclamou. "O papel principal da peça era seu. E sei que nós concordamos que Lorde Drewe não é a escolha mais adequada, mas Lorde Payne também estaria presente. Um deles poderia ter convidado um amigo de boa posição."

"Eu não gosto do Lorde Drewe", Diana exclamou. "Nem dos amigos dele. Eu não quero as mesmas coisas que você, mãe. Querer me ver casada com um duque é o *seu* sonho, não o meu."

Apertando a boca em sinal de contrariedade, a Sra. Highwood abriu o leque.

"Eu acho que você está mesmo doente. Tenho certeza de que nunca a ouvi falar desse modo."

"Bem, sugiro que se acostume." Diana se levantou e enfrentou todos os rostos chocados naquele salão. "Sou culpada de falsidade. Mentir foi errado da minha parte. Não só errado, mas também uma covardia. E me arrependo disso. Mas juro para que não roubei. Não vão encontrar nada no meu quarto."

Matilda irrompeu pela porta, seguida de perto pela Sra. Nichols.

"Nós encontramos algo no quarto da Srta. Highwood", anunciou a arrumadeira da Queen's Ruby.

"O quê?!", Charlotte exclamou. "Impossível."

"É o meu broche?", perguntou a Srta. Price.

"Não é o broche", a Sra. Nichols respondeu, pedindo desculpas com o olhar para Diana. "Mas nós encontramos isto."

A senhora desenrolou um lenço, revelando uma coleção de pequenos objetos metálicos.

Ah, não. Eram as peças de Aaron. As que Diana mantinha escondidas no fundo do seu enxoval.

Diana se sentiu tonta e se sentou de novo.

"Eu não roubei nada disso. Podem perguntar para Sally Bright."

"Perguntar o que para mim?" Sally indagou, logo após surgir à porta. Ela abriu um sorriso atrevido. "Vocês não pensaram que eu iria perder uma cena dessas, pensaram?"

Maravilha. Agora a vila toda estava reunida para testemunhar a humilhação de Diana. Todas as hóspedes da Queen's Ruby, o Sr. Fosbury e sua empregada, diversos clientes da taverna e até Sally Bright – que iria contar a história para as outras pessoas da paróquia que não estavam presentes.

"As peças que a Sra. Nichols está segurando. Eu as comprei na loja *Tem de Tudo*, não foi?"

"Ah, sim", Sally respondeu após examinar o punhado de peças de prata. "No ano passado, eu acredito. Você me disse que iria usá-las como presentes de Natal."

"Então por que estavam escondidas no fundo do baú dela?", Matilda perguntou. "Isso é muito esquisito."

"É fácil ver o que está acontecendo", disse a Srta. Price. "A pressão de ser a filha perfeita acabou com a Srta. Highwood e ela desenvolveu a compulsão de colecionar coisas brilhantes. Primeiro ela as comprava, mas agora começou a recorrer a roubos. Eu quero chamar um magistrado."

"Mas ela não está com seu broche", argumentou Charlotte.

"Não mesmo? Provavelmente ela escondeu em outro lugar." A Srta. Price foi contando as supostas evidências nos dedos. "Ela mentiu sobre estar doente. Foi a única que teve a oportunidade de roubar. Ela desapareceu de novo esta manhã. E agora encontramos todas essas bijuterias."

"Não são bijuterias", retorquiu Diana. "São peças de arte. Preciosas."

"Preciosas?" A Srta. Price virou para a Sra. Nichols e arqueou as sobrancelhas, como se dissesse, *Percebe o que estou dizendo?*

"Tenho certeza de que há outra explicação", disse a Sra. Nichols. "Srta. Highwood, se você *estava* na pensão ontem à noite, ouviu alguém entrar ou sair?"

"Não", Diana respondeu. "Eu não poderia ter ouvido."

"Por que não?"

"Porque eu não estava lá."

Uma onda de murmúrios percorreu o local.

A Sra. Highwood bufou.

"É claro que você estava lá. Charlotte foi ver como você estava, quando nós voltamos."

"Sim, eu sei. Eu estava acordada. Tinha acabado de voltar."

"De onde?", perguntou a Srta. Price.

Diana enterrou o rosto nas mãos e massageou as têmporas. Aquilo era loucura. Mesmo que dissesse a verdade, ela não sabia se alguém acreditaria nela. Diana estava prestes a se arruinar em público e perder Aaron para sempre.

"Ela estava comigo."

Aquela voz grave tão familiar fez com que Diana levantasse a cabeça e tornasse a ter esperança.

Aaron.

Ele estava parado à porta. Seu cabelo molhado, colado na testa. Suas botas, cobertas de lama. Ele vestia o mesmo casaco cor de chocolate que ela tinha costurado minutos depois de suturar o braço dele.

E nenhum homem jamais esteve tão lindo.

"Ela estava comigo", ele repetiu, entrando na taverna. "E ficou a noite toda."

Diana queria aplaudir. Charlotte, por sua vez, *aplaudiu mesmo,* mas discretamente.

"Mas é claro!", a mãe delas exclamou, com evidente alívio. "Isso explica tudo."

O quê? Diana não esperava que sua mãe aceitasse aquilo tão bem.

Ela passou os olhos pela taverna. Todo mundo parecia estar aceitando bem aquilo.

"Ah, sim", disse a Sra. Nichols, chegando à conclusão que era aparentemente óbvia para todo mundo, menos para Diana. "Nós ficamos sabendo do acidente do Sr. Maidstone."

Todas as moças ali na taverna aquiesceram e murmuraram, em concordância.

"O Sr. Dawes foi chamado para arrumar um osso quebrado", continuou a Sra. Nichols. "A Srta. Diana deve ter sido comunicada e foi ajudar a cuidar de um homem ferido, assim como ajudou na cirurgia do Finn."

"É típico da minha filha", exultou a mãe. "Sempre atenciosa com os menos afortunados."

Oh, pelo amor de Deus.

Aquilo era ridículo. Diana não conseguia se arruinar nem quando tentava.

Ela olhou para Aaron. Diana sabia que estavam pensando a mesma coisa. Eles podiam deixar que todos acreditassem naquilo. Tudo estaria resolvido sem causar nenhum escândalo.

Mas eu não quero esconder nada, ela disse para Aaron com os olhos.

Ele concordou com a cabeça.

"Tudo bem", ele disse. "Pode contar a verdade."

O coração dela começou a bater mais rápido.

"Você está errada, mamãe. Eu fui para a casa do Sr. Dawes *depois* que ele terminou de cuidar do Sr. Maidstone. Eu... eu passei a noite lá."

A mãe riu, incrédula.

"Bem, por que motivo você faria isso?"

Diana bateu com a palma da mão na própria testa. Será que ela teria que desenhar com tinta e papel?

"Nós estávamos fazendo amor!"

A taverna inteira ficou em silêncio sepulcral.

"Pode ter certeza de que *nisso* eu não acredito", a mãe bufou. "Eu preferiria acreditar que você é uma ladra."

"É a verdade, Sra. Highwood", Aaron confirmou. "Quer a senhora acredite ou não. E eu estou aqui para pedir a mão da Srta. Highwood em casamento."

Ele tirou o anel do bolso do peito e o colocou sobre a mesa. Um anel de ouro moldado como duas vinhas entrelaçadas, com folhas de ouro emoldurando uma flor de rubi e diamantes.

Diana levou a mão ao coração. Oh, era lindo. O melhor trabalho que ele já tinha feito. Como Aaron deve ter se dedicado àquele projeto.

"Srta. Highwood", Aaron pigarreou e começou a se ajoelhar. "Diana, eu..."

"Pare!", a mãe gritou.

Aaron parou como estava, meio agachado.

"Como podem esperar que eu permita isso?" A Sra. Highwood o fuzilou com o olhar. "Como ousa atentar contra a honra da minha Diana dessa forma? Homem horroroso, ganancioso. É claro que você quer aproveitar a oportunidade para salvá-la dessas tolas suspeitas de roubo, na esperança de que ela se case com você por gratidão. Não é como se um homem rude como você teria chance com ela de outra forma. Mas vou logo dizendo que seu plano não vai funcionar."

"Não é um plano", Diana disse. "E ele tem mais do que 'uma chance' comigo, mamãe. Eu o amo. E vou me casar com ele."

Diana esticou a mão para o anel que ele havia colocado sobre a mesa.

Mas sua mãe bateu em sua mão. Literalmente bateu, como se Diana fosse uma criança de 3 anos.

Diana fervilhou de raiva. Ela não era uma criança, era adulta, e sua mãe tinha que entender isso logo.

"Mamãe", ela disse, contida, "escute muito bem. Estou apaixonada pelo Sr. Dawes. Já estou há algum tempo. Eu comprei as peças dele na loja *Tem de Tudo* porque o admirava. Nós nos beijamos pela primeira vez no cabriolé do vigário. Ele me apresentou para a irmã em nossa viagem até Hastings. Eu tentei matar uma enguia por ele. Atirei em um ladrão que o ameaçou. E a noite passada...?" Ela ergueu a voz. "Nós. Fizemos. Amor. Em uma cama. A noite toda. Foi quente, tão quente que até suei, e foi maravilhoso. Eu deixei arranhões nas costas dele. Aaron tem uma pinta à direita do umbigo. E se você não acredita nisso..."

Ela abriu a capa com um movimento brusco e a jogou de lado, expondo a marca da mão suja de Aaron em seu seio.

"Aqui", ela disse. "Veja você mesma."

Vários momentos se passaram, durante os quais o único som que ela ouviu foi o das batidas enlouquecidas de seu coração.

Então alguém gritou.

Estranho. Diana esperava que as pessoas ficassem um pouco chocadas com sua revelação, mas um grito parecia um pouco exagerado.

E outra garota gritou.

E mais outa.

"É uma ratazana!"

Uma ratazana?

Oh, Deus. Era *mesmo* uma ratazana. De cauda e bigodes longos, grande como uma forma de pão, com um nariz nervoso.

A criatura correu por cima da mesa e fugiu com o anel.

O anel dela!

Aaron praguejou e correu atrás do animal.

"Sr. Evermoore!" A Srta. Bertram levantou de um pulo. "Sr. Evermoore, não! Volte aqui agora mesmo."

Em um instante a taverna ficou em polvorosa. Algumas das mulheres subiram nas cadeiras e mesas. Outras procuraram qualquer porrete improvisado. Potes, panelas, exemplares de A *Sabedoria da Sra. Worthington*.

"Eu sabia!", Charlotte exclamou, exultante. "Eu sabia o tempo todo que a ladra tinha que ser a Srta. Bertram."

"Eu não acho que seja ela", Diana disse. "Quero dizer, é óbvio que era o... animal de estimação dela. Ela deve ter deixado o rato para trás na noite passada quando todo mundo foi para Ambervale."

"O vagabundo está aqui", gritou o Sr. Fosbury. "Na cozinha."

Elas ouviram o barulho de vidro estourando, seguido por uma explosão de farinha.

A matriarca Highwood desabou na cadeira mais próxima, revirando os olhos enquanto desmaiava. Era melhor assim.

"Oh, por favor, não o matem!", A Srta. Bertram implorou. "Ele não consegue evitar de pegar as coisas. Mas é muito inteligente. Vocês não compreendem. Oh, Sr. Evermoore."

Diana fez uma careta para a irmã.

"'Ninguém entende nossa ligação'. Não é isso que ela sempre diz?"

Charlotte estremeceu.

"Eu também não entendo. Nem quero."

As duas riram, constrangidas.

De todos os escândalos possíveis que poderiam suavizar a sórdida revelação de Diana... aquela era o melhor. Sim, ela tinha entregado seu coração e sua virtude ao ferreiro da vila. Mas pelo menos não estava apaixonada por uma ratazana.

"Encontrei!" A cabeça morena de Aaron apareceu do outro lado do balcão. "Encontrei o anel", ele gritou para ela.

Diana abriu caminho em meio à multidão até encontrá-lo no bar. Mas não aguentou ficar longe dele, então subiu no balcão.

Ele fez o mesmo.

Os dois ficaram sentados juntos, de pernas cruzadas sobre a superfície laqueada, enquanto a maluca caçada ao rato prosseguia ao redor deles.

Aaron bufou, soprando a farinha que havia sobre a joia. Ele poliu o anel com a manga.

"Eu faria um discurso, mas..."

Ela riu e deu uma olhada para a confusão em andamento.

"É só pôr no meu dedo. E rápido."

Ela lhe ofereceu a mão. Ele deslizou o anel pelo dedo dela.

"Oh, Aaron." A emoção fez a voz dela tremer. "É lindo."

"Não tão lindo quanto você."

Ele tomou a face dela numa de suas fortes mãos de trabalhador, inclinando o rosto dela para si.

E quando ele a beijou, o mundo ficou distante.

"O qu... oh, onde estou? Oh, meus nervos."

Diana fez uma careta, repentinamente consciente de onde estavam. Sua mãe tinha recobrado a consciência bem a tempo de ver os dois se abraçando em cima do balcão, cobertos de farinha, lama e fuligem, envolvidos em um beijo apaixonado.

"Tenho uma ótima notícia, mamãe." Diana ergueu a mão esquerda e balançou o dedo anelar. "Enfim estou noiva."

A mãe olhou para o anel. Piscou e olhou para Aaron.

E desmaiou mais uma vez.

Epílogo

Algumas semanas depois

"Tem certeza, minha querida? Não é tarde demais para mudar de ideia."

Diana sacudiu a cabeça.

No vestíbulo, a dama ficou na ponta dos pés e espiou a longa nave da Igreja de Santa Úrsula, toda enfeitada com laços e buquês de narcisos. Todos os seus parentes, amigos e vizinhos lotavam os bancos à sua espera.

"Mamãe, o casamento vai começar dentro de instantes. E para mim, quanto antes, melhor. Não vou mudar de ideia."

"Eu tinha que perguntar." A mãe torceu um lenço de renda em sua mão. "Eu sei que vocês, meninas, me acham uma criatura exagerada e tola, que só pensa em casá-las com cavalheiros ricos. Mas é só porque eu amo vocês."

Diana amoleceu.

"Eu sei, mamãe."

"Depois que nós perdemos seu pai, eu fiquei muito nervosa. Como nós iríamos sobreviver? Para onde iríamos? Como eu podia dar o melhor para vocês?" Ela enxugou os olhos. "Eu só queria poupar minhas filhas do mesmo nervosismo."

Diana sentiu o coração apertar.

"Eu entendo. Mesmo. E amo você por isso. Por favor, fique feliz por mim hoje. Prometo que nunca mais vai precisar se preocupar comigo. Com Aaron, eu vou estar protegida e em segurança. E serei amada. Sempre."

"Imagino que isso seja tudo que eu possa querer." A mãe assoou o nariz ruidosamente em seu lenço. "Oh, mas eu tinha sonhos tão grandiosos para você. Minha intuição insistia em dizer que um dia um belo duque chegaria nesta vila em uma carruagem esplêndida, pronto para escolher sua noiva. Mas eu acho que isso não vai acontecer."

"Eu acho que não", disse Diana. "E mesmo que acontecesse, ainda assim eu me casaria com Aaron."

A mãe agarrou sua mão e a apertou com carinho.

"Talvez o Sr. Dawes não seja um cavalheiro, mas seu anel *é* mais bonito que o da Minerva. Isso já é algo."

Diana sorriu. Algumas coisas nunca mudariam.

"Estão prontas?", perguntou Colin Sandhurst, o Lorde Payne, aparecendo no vestíbulo elegante como sempre e parecendo ansioso para terminar logo com aquilo.

Ele ofereceu o braço para a Sra. Highwood e entrou com ela pelo corredor central. Charlotte foi logo atrás, transbordando de alegria por seu papel de dama de honra – ou, pelo menos, pelo vestido novo que isso lhe proporcionou.

Diana vinha no fim da procissão.

Enquanto percorria o corredor acarpetado, aproximando-se da atraente figura de ombros largos que a esperava no altar, ela viu todo o futuro deles pintado nos tons vivos do vitral. Eles se casariam em Santa Úrsula. E ali construiriam suas memórias nos Natais e Páscoas. Ali batizariam seus filhos.

Se as contas dela estivessem corretas, os dois estariam fazendo o primeiro batizado em menos de nove meses. Ela não tinha dito nada a Aaron, ainda – era cedo demais para ter certeza. Mas achava que ele já podia estar desconfiando.

Depois que a organista tocou o último verso da marcha, ele se aproximou. Seu braço forte roçou o dela e um arrepio de alegria passou por Diana. Por mais estranho que fosse, ela não conseguiu reunir coragem para olhar para o rosto dele. Ela sabia que seu coração apareceria em seus olhos. E embora seu coração estivesse para se tornar dele para sempre, com aquela cerimônia, Diana desejava guardá-lo só por mais alguns instantes.

"Você está radiante", ele murmurou. "E parece estar guardando um segredo."

"Só um presentinho de casamento para você", ela sussurrou. "Você descobrirá mais tarde."

"Ótimo. Porque eu tenho um presente para nós dois."

"Oh!"

Ele se inclinou e sussurrou na orelha dela.

"Eu contratei uma cozinheira."

Ela teve que cobrir a boca com a mão para não rir alto. Oh, como ela o amava.

"Quem entrega esta mulher em casamento a este homem?" O vigário olhou para Lorde Payne, que estava em pé na primeira fila.

Por sorte, o cunhado de Diana continuava sendo malandro o bastante para ser facilmente corrompido. De acordo com o que ela tinha lhe pedido, Lorde Payne permaneceu em silêncio.

"Eu entrego", Diana disse e olhou para Aaron, sorrindo. "Eu mesma me entrego."

SÉRIE SPINDLE COVE

Uma noite para se entregar
Tessa Dare
Tradução de A C Reis

Spindle Cove é o destino de certos tipos de jovens mulheres: bem-nascidas, delicadas e tímidas, que não se adaptaram ao casamento ou que se desencantaram com ele, ou então as que se encantaram demais com o homem errado. Susanna Finch, a linda e extremamente inteligente filha única do Conselheiro Real, Sir Lewis Finch, é a anfitriã da vila. Ela lidera as jovens que lá vivem, defendendo-as com unhas e dentes, pois tem o compromisso de transformá-las em grandes mulheres, descobrindo e desenvolvendo seus talentos. O lugar é bastante pacato, até o dia em que chega o tenente-coronel do Exército Britânico, Victor Bramwell. O forte homem viu sua vida despedaçar-se quando uma bala de chumbo atravessou seu joelho enquanto defendia a Inglaterra na guerra contra Napoleão. Como sabe que Sir Lewis Finch é o único que pode devolver seu comando, vai pedir sua ajuda. Porém, em vez disso, ganha um título não solicitado de lorde, um castelo que não queria, e a missão de reunir um grupo de homens da região, equipá-los, armá-los e treiná-los para estabelecer uma milícia respeitável. Susanna não quer aquele homem invadindo sua tranquila vida, mas Bramwell não está disposto a desistir de conseguir o que deseja. Então os dois se preparam para se enfrentar e iniciar uma intensa batalha! O que ambos não imaginam é que a mesma força que os repele pode se transformar em uma atração incontrolável.

Uma semana para se perder
Tessa Dare
Tradução de A C Reis

O que pode acontecer quando um canalha decide acompanhar uma mulher inteligente em uma viagem?

A bela e inteligente geóloga Minerva Highwood, uma das solteiras convictas de Spindle Cove, precisa ir à Escócia para apresentar uma grande descoberta em um importante simpósio. Mas para que isso aconteça, ela precisará encontrar alguém que a leve.

Colin Sandhurst Payne, o Lorde Payne, um libertino de primeira, quer estar em qualquer lugar – menos em Spindle Cove. Minerva decide, então, que ele é a pessoa ideal para embarcar com ela em sua aventura. Mas como uma mulher solteira poderia viajar acompanhada por um homem sem reputação?

Esses parceiros improváveis têm uma semana para convencer suas famílias de que estão apaixonados, forjar uma fuga, correr de bandidos armados, sobreviver aos seus piores pesadelos e viajar 400 milhas sem se matar. Tudo isso dividindo uma pequena carruagem de dia e compartilhando uma cama menor ainda à noite. Mas durante essa conturbada convivência, Colin revela um caráter muito mais profundo que seu exterior jovial, e Minerva prova que a concha em que vive esconde uma bela e brilhante alma.

Talvez uma semana seja tempo suficiente para encontrarem um mundo de problemas. Ou, quem sabe, um amor eterno.

A dama da meia-noite
Tessa Dare
Tradução de A C Reis

Pode um amor avassalador apagar as marcas de um passado sombrio?

Após anos lutando por sua vida, a doce professora de piano Srta. Kate Taylor encontrou um lar e amizades eternas em Spindle Cove. Mas seu coração nunca parou de buscar desesperadamente a verdade sobre o seu passado. Em seu rosto, uma mancha cor de vinho é a única marca que ela possui de seu nascimento. Não há documentos, pistas, nem ao menos lembranças...

Depois de uma visita desanimadora a sua ex-professora, que se recusa a dizer qualquer coisa para Kate, ela conta apenas com a bondade de um morador de Spindle Cove – o misterioso, frio e brutalmente lindo Cabo Thorne – para voltar para casa em segurança. Embora Kate inicialmente sinta-se intimidada por sua escolha, uma atração mútua faísca entre os dois durante a viagem. Ao chegar de volta à pensão onde mora, Kate fica surpresa ao encontrar um grupo de aristocratas que afirmam ser sua família.

Extremamente desconfiado, Thorne propõe um noivado fictício à Kate, permitindo-se ficar ao seu lado para protegê-la e descobrir as reais intenções daquela família. Mas o noivado falso traz à tona sentimentos genuínos, assim como respostas às perguntas de Kate.

Acostumado a combates e campos de batalhas, Thorne se vê na pior guerra que poderia imaginar. Ele guarda um segredo sobre Kate e fará de tudo para protegê-la de qualquer mal que se atreva a atravessar seu caminho, seja uma suposta família oportunista... ou até ele mesmo.

SÉRIE CASTLES EVER AFTER

Romance com o Duque
Tessa Dare
Tradução de A C Reis

Izzy sempre sonhou em viver um conto de fadas. Mas, por ora, ela teria que se contentar com aquela história dramática.

A doce Isolde Ophelia Goodnight, filha de um escritor famoso, cresceu cercada por contos de fadas e histórias com finais felizes. Ela acreditava em destino, em sonhos e, principalmente, no amor verdadeiro. Amor como o de Cressida e Ulric, personagens principais do romance de seu pai. Romântica, ela aguardava ansiosamente pelo clímax de sua vida, quando o seu herói apareceria para salvá-la das injustiças do mundo e ela descobriria que um beijo de amor verdadeiro é capaz de curar qualquer ferida.

Mas, à medida que foi crescendo e se tornando uma mulher adulta, Izzy percebeu que nenhum daqueles contos eram reais. Ela era um patinho feio que não se tornou um cisne, sapos não viram príncipes, e ninguém da nobreza veio resgatá-la quando ela ficou órfã de mãe e pai e viu todos os seus bens serem transferidos para outra pessoa.

Até que sua história tem uma reviravolta: Izzy descobre que herdou um castelo em ruínas, provavelmente abandonado, em uma cidade distante. O que ela não imaginava é que aquele castelo já vinha com um duque...

Diga sim ao Marquês
Tessa Dare
Tradução de A C Reis

Vossa Excelência está convidada a comparecer ao romântico castelo Twill para celebrar o casamento entre a senhorita Clio Whitmore e... e...? Aos 17 anos, Clio Whitmore tornou-se noiva de Piers Brandon, o elegante e refinado herdeiro do Marquês de Granville e um dos mais promissores diplomatas da Inglaterra. Era um sonho se tornando realidade! Ou melhor, um sonho que algum dia talvez se tornasse realidade...
Oito anos depois, ainda esperando Piers marcar a data do casamento, Clio já tinha herdado um castelo, amadurecido e não estava mais disposta a ser a piada da cidade. Basta! Ela estava decidida a romper o noivado.
Bom... Isso se Rafe Brandon, um lutador implacável e irmão mais novo de Piers, não a impedisse. Rafe, apesar de ser um dos canalhas mais notórios de Londres, prometeu ao irmão que cuidaria de tudo enquanto ele estivesse viajando a trabalho. Isso incluía não permitir que o marquês perdesse a noiva. Por isso, estava determinado a levar adiante os preparativos para o casamento, nem que ele mesmo tivesse que planejar e organizar tudo.
Mas como um calejado lutador poderia convencer uma noiva desiludida a se casar? Simples: mostrando-lhe como pode ser apaixonante e divertido organizar um casamento. Assim, Rafe e Clio fazem um acordo: ele terá uma semana para convencê-la a dizer "sim" ao marquês. Caso contrário, terá que assinar a dissolução do noivado em nome do irmão.
Agora, Rafe precisa concentrar sua força em flores, bolos, música, vestidos e decorações para convencer Clio de que um casamento sem amor é a escolha certa a se fazer. Mas, acima de tudo, ele precisa convencer a si mesmo de que não é ele que vai beijar aquela noiva.

Este livro foi composto com tipografia Electra e impresso
em papel Off-White 70 g/m² na Formato Artes Gráficas.